일상학 전공

일상학 전공

최진 산문집

도서출판 북인

※

별 다를 것 없는 우리의 일상도
마음을 주면
세상에서 단 하나뿐인
시적 시간으로 완성된다.
인식하는 순간 달라지는
일상의 기쁨들

기도는 걸으면서 하는 것,
마음을 때리는 노래는 질릴 때까지 듣는 것,
영화관에 스며들어 시원하게 우는 것,
두꺼운 책의 좋아하는 부분만 야금야금 읽는 것,
커피의 매력적인 농도를 찾는 것,
매일 일기를 채워넣듯
일상의 좋아하는 것들에 집중한다.

| 차례

제1장 기도는 걸으면서 하기

제4장 두꺼운 책의 좋아하는 구절만 야금야금 읽기

제5장 커피의 매력적인 농도 맞춰가기

제1장

기도는 걸으면서 하기

일상학 전공

93계단

살다보면 마법 같은 순간이 온다

나의 무화과

함께 살아가는 것들에 관한 생각

솔직함의 단계

| A4픽션 | 아버지 지금 돌아가 주셔서 감사해요

일상학 전공

다시 공부하게 된다면 일상학을 전공하고 싶다. 일상학이라는 학문이 과목으로 개설되어 있는지는 모르겠지만 말이다. 매일의 별다를 게 없는 일상은 사실 겪으면 겪을수록 재미있다.

프랑스 명상공동체인 플럼 빌리지를 운영했던 틱낫한 스님의 오래 전 인터뷰가 아직도 생각난다. 십 년도 훨씬 더 된 것 같은 인터뷰 내용은 '설거지를 하면서 우주를 느끼고 명상에 빠진다'는 내용이었는데 듣는 순간 완전히 공감이 갔다. 역시 세계 곳곳에는 우리에게 잊을 수 없는 공감의 메시지를 뿌려대는 고수들이 도사리고 있다.

사실 나도 늘 비슷한 생각을 해왔다. 가장 작고 소박한 어떤 것, 우리의 평범한 일상도 어떻게 재단하고 얼마만큼 몰두하느냐에 따라 그 자체로 하나의 시적 시간으로 완성될 수 있다고 느껴왔기 때문이다. 그저 무심하게 지나치면 의미 없는 잡일들로 이루어진 시간의 흐름일 뿐이지만, 그것에 마음을 주고 정성을 기울이면 그저 그런 하루도 빛나는 순간으로 반전될 수 있다.

그런 일들은 늘 우리 주변에서 일어난다. 인식하는 순간 달라진 시간이 우리를 기다리고 있는 것이다.

평범한 일상의 남자인 나의 남편은 아침으로 가끔 팬케이크를 구워준다. 팬케이크만큼은 내게 맡기지 않는다. 뭐 특별한 반죽이 있는 것도 아니고, 그저 시판된 가루에 계란과 우유를 섞는 정도지만 정성들여 한 장 한 장 구워낸다. 어느 순간 별 거 아닌 팬케이크 굽기에 진한 흥미를 느끼기 시작한 것이다. 기름도 두르지 않고, 약한 불에 팬을 달궈 세심하게 구워내는데, 아무리 팬케이크를 층층이 쌓아도 모양이 삐져나오지 않고, 거의 비슷한 크기와 동그란 생김새를 유지하고 있다. 나는 집중하고 있는 그 모습이 감탄스러워 남편에게 '팬케이크를 굽는 발레리노'라고 이름 붙여주었다. 어쩐지 동작이 날렵하고, 어려운 고급 기술을 선보이는 발레리노 같았기 때문이다. 그는 그것을 좋아한다. 그것에 마음을 주어 특별한 시간으로 느낀다.

내가 이야기하는 일상이 집안을 반짝반짝 윤기나게 관리하거나, 정갈한 밑반찬을 만들어 두는 일 혹은 정기적인 취미생활에 공을 들이는 등의 성실성에 기반을 둔 행위들은 결단코 아니다.

일반화되지 않은 내겐 특별한 개별적인 순간들을 찾아 집중하는 것이 내가 생각하는 일상의 기쁨이다.

지금도 매일의 일기를 채워넣듯이 '아! 내가 이런 걸 좋아하는구나' 하면서 깨닫고 있다.

기도는 걸으면서 하는 것, 아무도 없는 거실에서 몰래 신나게 춤을 추는 것, 마음을 때리는 노래를 질릴 때까지 듣는 것, 두꺼운 책의 좋아하는 구절만 야금야금 읽는 것, 영화관에 스며들어 시원하게 우는 것, 좋아하는 색의 니트를 계절별로 수집하는 것, 나를 이해하는 헤어디자이너와 손쉬운 머리 모양을 찾아내는 것, 커피의 매력적인 농도를 맞춰가는 것 등등이다. 변함없이 좋아하고 집중이 되는 시간들이다.

조금만 주의를 기울이면 주변에서 그와 같은 일상의 고수들은 얼마든지 만날 수 있다. 예전 동네의 경비아저씨 한 분은 너무나 열정적으로 단지 청소를 하셨다. 날씨와도 상관없이 몇 년을 유지해가는 모습이 인상적이어서 청소하면서 뭐가 그리 신이 나시냐고 물었던 적이 있었다. 대답은 준비된 듯 즉각적으로 나왔는데, 본인은 청소하는 것이 그렇게 좋다고 하셨다. 청소의 동작이 그분에게는 최고의 명상이고 기도였을 것이다. 몰두하는 순간 우리는 가장 순수하고 평온해진다.

별 거 아니다. 잘 살아낸다는 것은 그런 것이다. 그리고 누구나 저절로 집중되는 것이 있다. 하지만 인식하는 것이 가장 중요하다. 인식하는 순간 그것은 '내가 좋아하는 어떤 것'이라는 특별한 이름을 가지게 되는 것이다.

앞으로 사는 동안 내겐 더 많은 일상의 좋아하는 것들이 생겨날 것이다. 절대로 흘려버리지 않고 꼭 붙잡으며 즐기는 기쁨을 놓치지 않아야겠다.

93계단

언덕 위의 집으로 이사 왔다.

하루에도 몇 번이나 집과 근처 동네를 들락날락 왔다갔다 하는 수선스러운 습성을 가진 내가 집을 나서 작고 번화한 상점거리를 오가는 길에 어쩔 수 없이 무조건 언덕과 만나게 된 셈이다.

처음 몇 달은 숨이 가빴고 힘이 들었다. 사실 좀 성가시기도 했다. 어쨌든 시장바구니를 들고 걷는데 평지와는 달리 언덕길은 체력소모가 배는 더한 거 같았다.

걷기가 너무 좋으니 걷는 것을 포기할 수는 없었고, 이렇게 계속 힘이 들어 집이 있는 동네에 정을 붙이지 못할까 걱정이 되었다. 사실 주변에 불편한 동네라고 궁시렁거리기도 했고 다시 이사한다면 어디로 가야 할까 궁리하기도 했다.

그런데 신기하게도 몸이 익숙해질 때까지 한번도 꾸준한 운동을 해보지 못해 느낄 수 없었던 것이 체험으로 다가왔다. 육 개월쯤 시간이 흐르자 언덕길이 더는 힘들지 않은 것이다. 도리어 슬그머니 그냥 평지를 걷는 것보다 재미있어지기 시작했다. 경사진 언덕을 오르는 일이 숨차지 않고 편안해지자 왜 사람들이 운동에 전념하는지 알 것도 같았다.

사실 언덕길 한쪽으로는 까마득해 보이는 계단이 하나 있는데 거리나 시간으로만 따지면 집으로 가는 가장 직선 코스이다. 이사 온 초창기 몇 번 그 계단을 오르내리다가 나도 모르게 욕이 나올 뻔한 적도 있었고 에스컬레이터나 엘리베이터를 놓아달라고 구청에 직접 건의할까 심각하게 망설인 적도 있었다. 그처럼 그 계단은 내게 가혹했다. 도저히 친해질 수 없는 유전자를 갖고 있었다.

그러던 내가 지금 민망하게도 그 계단을 아낌없이 사랑하게 되었다. 그 마음이 너무나 단호하고 확실해서 나조차도 당황스럽다. 한두 번의 도전이 극복으로 이어져 내게 변심을 불러일으켰던 셈인데 심지어 계단을 오르면서 노래 부르듯 하나, 둘, 셋 하고 숫자를 센다. 다 세어보면 계단은 93개이다.

처음에는 한 번에서 두 번쯤 걸음을 멈추고 쉬어야 했지만, 지금은 단숨에 오를 수 있다. 이처럼 까마득했던 계단을 사랑하게 된 가장 큰 이유는 계단을 오르고 나서 마주하게 될 언덕 위 풍경 때문이다.

타박타박 93개의 계단을 다 오르는 순간 가쁜 숨을 잠시 몰아 쉬면 좌르륵 도심의 마천루가 내 눈앞에 펼쳐진다. 시시각각 다른 컬러의 하늘을 배경으로 쑥 들어와 박힌다. 천천히 하나하나 나타나는 것이 아니라 불쑥….

마치 성급한 고백 후 다짜고짜 안기부터 하는 남자처럼 그렇게 와락 다가온다. 엄청 기분이 좋고 가슴이 설레기 시작한다. 계단을 올라선 시간이 해질녘이면 그 설렘은 배가 된다. 저물기 시작하는데, 나는 언덕에 서 있는데, 바라본 도시의 풍경은 황홀하다. 사람을 감성적으로 만드는 그 장면은 내게서 늘 현실감각을 빼앗아버린다. 계단의 끝이 이처럼 로맨틱해도 되나? 이 정도면 충분히 언덕길은 사랑할 만하다. 오래오래 이 길을 오르내리게 될 거다. 떠나지 않을 거니까.

살다보면 마법 같은 순간이 온다

살다보면 마법 같은 순간이 온다고 한다. 도저히 일어날 것 같지 않던 일들이 어느 날 불쑥 기대하지 않았던 선물처럼 내 품에 던져지는 순간이 있는 것이다.

초등학교 저학년 때부터 나는 근시였다. 자꾸만 앞머리가 아프고, 이마 쪽으로 인상이 찡그려지고, 뭔가 선명하지 않은 느낌이었는데, 엄마 손에 이끌려 병원에서 시력검사를 하니 이미 꽤 진행된 근시였다.

안경을 끼자 느닷없이 흐릿한 세상이 선명해졌다. 선명하지만 어지러운 시야에 겨우 적응하고, 육 개월 후 검사하니 아이러니하게도 눈은 더 나빠져 있었다. 어쩔 수 없이 안경도수를 올리고 다시 불편한 적응을 해야 했다. 그렇게 올린 도수에 익숙해질 무렵 검사를 하면 영락없이 눈은 더 나빠져 있었고, 자동으로 안경도수를 올리는 일이 십대 후반까지 이어졌다. 눈은 성실하게 나빠졌고 렌즈 디옵터의 숫자는 끊임없이 올라갔다.

대체 언제까지 눈이 나빠질 것인지 두려워지기 시작했다. 안구의 길이가 길어져 근시가 된다는데, 내 안구의 길이는 얼마만큼 더 길어질지 알 수 없는 노릇이었다. 렌즈가 두꺼워지는 딱 그만큼의 자신감이 사라져갔다. 안경 너머의 세상은 당연히 일정 부분 왜곡된 세상일 것이므로 내가 가진 삐딱한 시선은 그렇게 자라났을지도 모른다. 나처럼 근시인 친구들이 제 아무리 많다 해도 나는 내가 불행하게 느껴졌다. 억울하기도 했다.

그러다 마침내 맨눈으로는 내 얼굴의 어느 부분도 보이지 않아, 그것이 눈인지 코인지 입인지 도저히 구분하지 못하게 됐을 때 나는 포기하고 절망했다. 거울을 제 아무리 가까이 대도 나는 내 얼굴을 볼 수 없었다. 흐릿한 경계의 모습으로 그것이 얼굴 같기는 했다. 말이 되는가?

나는 고도근시의 젊은 여자애였으므로 몸 쓰는 일에는 당연히 소극적이었고, 현실의 로맨스에는 수동적일 수밖에 없었으며, 나와는 다르게 진솔하고 당당한 시력 좋은 여자아이들의 천진한 몸짓을 부러워했다. 아름답고도 환상적인 신혼을 기대했는데, 아침부터 팽팽 도는 안경을 쓴 채는 분위기 꽝일 것이라고 단정했다.

참으로 못나고 우스운 예민함이지만 극복은 어려웠다.

그렇게 흘러가던 이십대 후반 어느 날, 놀랍게도 러시아의 어느 안과의사가 레이저 칼로 근시를 교정하는 수술을 상용화했다는 뉴스를 보았다. 첨단 수술법이 상세하게 소개되었을 때 나는 그 의사가 미래에서 온 마법의 레이저 칼을 휘두르는 기사처럼 느껴졌다.

안경이나 렌즈를 끼지 않고 내 얼굴을 선명하게 볼 수 있다니 생각만 해도 꿈 같은 일이었다. TV나 책을 보다가도 자연스레 스르르 잠들 수 있고 아침에 눈을 뜨면 자리에 누워서도 시계의 시침과 분침을 확인할 수 있다. 한밤중 잠에서 깨어 물을 마시거나 화장실에 갈 때도 안경을 찾아 더듬거릴 필요가 없을 뿐더러 목욕탕이나 수영장, 여행지 이 세상 어디에서도 더는 렌즈와 안경을 품에 껴안고 씨름할 필요가 없어진다는 것이다. 나로서는 신세계인데, 이 수술을 받

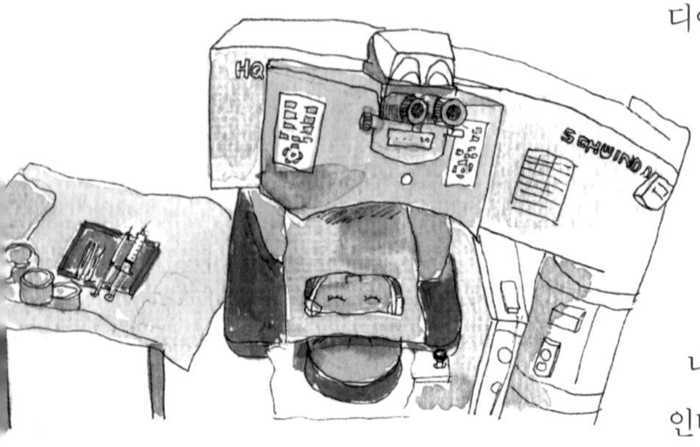

지 못하고 생을 마감한 고도근시의 선조들이 가엾게 여겨질 지경이었다. 비로소 갇혀버린 세상에서 탈출할 수 있다는 희망이 생겨났다.

우리나라 개최 월드컵 첫 경기 날, 나는 드디어 근시교정술을 받았다. 폴란드와의 경기 첫 승리가 축구팬들에게 마법의 순간으로 다가올 때 내게도 또 다른 마법의 순간이 허락되었다. 그토록 걱정하며 기다렸던 수술은 허무할 만큼 간단했고, 나는 수술 첫날 바로 내 얼굴을 선명하게 확인할 수 있었다. 성장기 내내 괴롭혀오던 두통도 사라졌으며, 냉소의 시선은 부드러워져 세상은 파스텔의 색조로 환해지기 시작했다. 내게도 천진한 몸짓이 허락된 것이다.

살다보면 누구에게나 마법과 같은 순간이 찾아온다. 타인의 눈에는 별 대수로울 것 없는 사건이라도 누군가에게는 삶을 바꾸어 놓을 만한 판타지의 순간이 될 수도 있는 것이다. 찰칵하고 스위치가 켜지고 무수한 전등이 머릿속에 반짝이는 터닝포인트의 순간은 생의 가장 특별한 순간이다. 살다보면 꼭 마법은 온다. 누구에게도 예외는 없다.

나의 무화과

작은 아이였던 내가 서 있어.
나의 무화과나무 그늘 아래
그저 아무런 생각 없이
뱅글뱅글 돌면서…
봄, 여름, 가을, 겨울,
우리는 함께 자라나네.
앞서거니 뒤서거니 하면서
한 뼘, 두 뼘, 세 뼘
그러다 아주 높이 뻗어나
진하게 익은 자주의 열매를 떨구네.
나의 무화과나무, 형제 같은 그것-

가을이 되면 꼭 챙겨 먹는 과일이 있는데 무화과 열매이다. 불과 얼마 전까지 눈에 잘 띄지도 않고, 무화과에 대해 모르는 사람들도 많아서 은근히 서운했었다. 그런데 그 자주색 열매가 요즈음 때가 되면 슈퍼에서 흔히 찾아볼 수 있어 얼마나 반가운지 모른다. 아주 짧은 한 계절에만 맛볼 수 있는 무화과를 먹으면 어쩐지 든든해진다. 어렸을 때의 입맛을 되찾은 기분이다.

식물과 가까운 사람들이 꼭 있다. 아빠가 그랬고 남편 역시 그렇다. 난 나만 아는 삭막한 성향이라 사실 동물이건 식물이건 큰 관심이 없다. 집안의 화분 키우기도 젬병이다. 내게 맡겨놓으면 제대로 자라나는 것이 없을 정도이다. 그런데 가만히 앉아 거실에 놓인 식물들에게 가지치기도 해주고, 영양제도 꽂아주는 뒷모습의 남편을 보면 아빠가 생각난다.

우리가 어렸을 때 살던 곳은 울산이었다. 그곳에서 엄마와 아빠는 만나 연애도 하고 결혼도 했다. 그리고 울산에서 결혼 후 처음으로 집도 장만했다. 아빠는 원래 경제 관념이 없는 편이라 부동산 보는 눈도 별로라고 했었는데, 역시나 친구 말만 듣고 덜컥 사들인 집이 도로보다 낮은 지대였다. 엄마는 그걸로 내내 아빠에게 집 보는 눈이 없다고 눈총을 줬다. 도로보다 낮은 집은 사실 비가 와도 문제였고, 사는 내내 하수 처리로 골머리를 앓을 수밖에 없었다. 하지만 그건 현실적인 부분이었고 나와는 상관없는 일이었다. 아빠는 놀라운 금손이어서 이사 후 얼마 되지 않아 그 집을 동네에서 가장 아름다운 집으로 꾸며놓았다.

초록색 나무 대문에 작고 여린 들장미로 담장을 두르고, 아기자기한 온갖 들꽃들을 집 앞마당에 심어 집은 밋밋한 원래의 그것보다 훨씬 가치가 있어 보였다. 지대가 낮았지만 늘 대문이 활짝 열려 있었고, 이쁜 정원은 골목을 지나다니는 사람들의 눈요깃감이었다.

나는 한 살 때 그곳으로 옮겨갔고, 동생은 그곳에서 태어났다.

아빠는 남매를 둔 젊은 아버지였고, 아주 어렸을 때 본인의 아버지를 여읜 홀어머니의 자식이었으므로 뭔가 낭만적인 가정의 이미지를 꿈꾸고 있었다. 집과 정원을 가꾸자 아이들을 위한 나무가 심고 싶어졌을 터였다.

나무도 고심하여 골라 선택했다.

그래서 나를 위한 무화과나무가 심겨졌다. 동생이 태어나자 등나무를 심었다. 우리는 이름을 따라 무화과는 진이 나무, 등나무는 원이 나무라고 불렀다. 나무들은 비실대는 듯하더니 어느새 우리보다 훨씬 빠르게 높이 높이 자라나 꽃도 피우고 열매도 맺었다. 무화과는 넓은 이파리에 햇살만 받으면 푸르게 빛이 났고, 등나무는 아주 이쁜 눈물 같은 보랏빛 꽃을 피웠다. 그것들은 바람을 막아주고, 그늘을 만들어주었다. 동생과 나는 서로 자신의 나무가 더 멋있다고 자랑했다. 내 생각에는 꽃만 이쁜 등나무에 비해 무화과는 다르다는 생각을 했다. 무화과는 꽃을 피우지 않는 이상한 나무였다. 하지만 가을이 되면 진한 자주의 열매가 빠짐없이 열렸고, 그 자리에서 따먹으면 맛이 그만이었다. 동생은 무화과를 먹을 때마다 샘을 냈다. 나는 마당에 서 있는 그 나무가 정말 나와 같이 자라는 동갑 나무라고 여겨졌고, 무화과나무 아래서 하릴없이 많은 시간을 보냈다. 그래서인지 아직도 무화과를 보면 기분이 이상하다. 마치 그것이 나의 형제인 거 같은 이상한 느낌이 들곤 한다.

그곳에서 무화과와 살았던 세월은 십수 년쯤이다. 그 다음 이사 간 집은 마당이 없었고 시멘트 바닥이었다. 정원 가꾸기와 하수 처리로 골치를 앓던 엄마와 아빠는 집을 지을 때 마당을 아예 시멘트로 발라버렸던 것이다. 나는 어느새 다 잊어버리고 별 아쉬울 게 없었는데, 지금 생각해보면 마당이나 나무 등속은 아이들에겐 근사한 한 자락 추억을 선사하는 아이템인 거 같다. 그렇게 오랜 세월이 흘렀건만 무화과는 내게 꼭 달라붙어 있다. 피를 나눈 형제처럼….

함께 살아가는 것들에 관한 생각

나는 동물과의 교감에 대한 기억이 거의 없다. 별로 관심 자체가 없고 특별한 추억도 부재한 탓이다. 한 집 걸러 키우고 있는 애완견도 아직은 키울 계획이 없다. 제대로 돌보자면 책임져야 할 것이 너무 많아 회피하고 싶은 마음뿐이다.

건조하기만 한 아파트 단지에도 살펴보면 함께 살아가고 있는 동물들이 많다. 건물을 둘러싼 작은 원형의 공원에는 아침부터 수많은 애완견이 산책한다. 통통하게 살이 쪄 날기를 싫어하는 비둘기는 일전에 '먹이주기 않기' 현수막이 내걸렸을 정도로 개체 수가 늘어나고 있다.

길고양이도 예외가 아닌데, 벌써 수년째 가까운 후배는 수십 마리 동네 길냥이들의 먹이를 책임지고 있다.

'언니는 아직 사람을 신뢰하나봐. 그래서 동물과의 교감을 이해하지 못하는 거야'라고 동물애호가인 후배는 내게 이야기한다. 동물을 사랑하는 사람들은 보통 대인관계에서 실망을 느낀 사람이 많다면서….

일 년 365일 하루도 빼지 않고 해 지기 전 늦은 오후, 후배는 사료를 들고 길고양이들의 거처를 찾아헤맨다. 신통하게도 먹이를 주는 사람과 먹이를 받아먹는 고양이들의 신뢰는 엄청난 것이어서, 서로를 귀신같이 알아보고 관계를 이어나간다. 한번은 먹이 주는 후배를 산책 겸 따라나선 적이 있는데, 그녀는 수십 마리 고양이들의 이름을 하나하나 부르며 소통하고 있었다. 냥이들의 날카로운 눈빛도 그녀 앞에서는 부드럽게 변했다.

가끔은 다치거나 임신 중이어서 꼭 도움이 필요한 고양이들이 후배의 집 앞으로 찾아와 운다고 할 때는 살짝 놀랍기도 했다. 동물과 사람이 그렇게 긴밀하게 통한다는 것이 신기했다.

자칭 캣테이커인 후배는 영하 십 도 아래를 맴도는 한겨울에는 고양이집을 만들어 동사를 막고, 몇 마리씩 잡아 중성화수술을 시키는 것은 물론 중병에 걸린 놈들은 병원으로 데려간다. 버거움으로만 느껴지는 이런 일을 기쁜 마음으로 해나가는 그녀를 볼 때 이기적 감정의 소유자인 나는 부끄러움을 느끼기도 한다.

그런데 몇 달 전 중요한 볼일을 보러 나간 아들이 불과 몇 분 만

에 다시 전화했다. 용건은 집 앞 공원에 비둘기 한 마리가 다쳐서 누워 있으니 근처 동물병원에 전화해달라는 것이었다. 길냥이 두 마리가 다친 비둘기를 노려보고 있고, 해칠 거 같으니 자신은 눈을 뗄 수 없다는 다급한 목소리였다. 나는 어이가 없었으나 근처 동물병원에 문의해보았다. 돌아온 대답은 조류는 취급하지 않는다는 냉정한 한마디 말뿐이었다. 어쩔 수 없으니 너는 네 볼일을 보러가라고 해도 아이는 말을 듣지 않았다. 밖을 내다보니 공원 한 구석에 웅크리고 앉아 있는 다 큰 아들의 뒷모습이 보였다.

어쩔 수 없이 경비아저씨를 찾아 도움을 청했다. 아저씨는 달갑지 않은 표정이셨으나 나를 따라 나서주었는데, 해결책은 겨우 꿈틀대는 비둘기를 쓰레받기에 담아 다른 쪽 풀섶으로 버리는 일이었다.

그 모습을 지켜보던 아들은 조금 당황하는 듯했다. 어차피 그곳에도 길냥이가 다니니 비둘기는 잡아먹힐 게 분명하고, 그걸 지나가는 어린아이들이라도 보면 엄청나게 놀랄 만한 잔인한 모습이라는 것이 아이의 염려였다.

물론 고양이들은 먹잇감을 물고 구석으로 숨을 테고, 그것이 자연의 이치란 것을 몰랐을 리는 없다. 그저 비둘기를 향한 측은지심이 발동한 것이었다. 아저씨의 손놀림이 너무 거침없기 때문이기도 했다. 본인의 갈 길을 멈추고 주저하는 아이가 염려되면서도 그 선한 마음이 안쓰러웠다. 나를 닮지는 않았나보다. 아이는 타고난 동물애호가였다.

함께 살아가는 것들에 관한 관심은 나에게는 언제나 어려운 것이다. 무엇이 올바른 것인지 해답도 확실히 알 수가 없다. 하지만 그것을 향한 착한 마음과 염려들은 어쩐지 나를 순하게 만드는 것 같다.

살아 있는 것들이 살아간다는 것 자체가 애처로움이기 때문이다. 우리 모두 다를 것이 없다.

솔직함의 단계

잠이 제대로 오지 않는다. 자다깨다 했는데, 느낌은 그저 잠시 누웠다 일어난 것 같다. TV를 켜는 시간이 늘어났고, 코로나 이후 습관적으로 뉴스를 본다. 활동량이 줄어서인지 수면의 질이 엉망이다. 그리고 내 앞에 놓인 시간이 많아지자 안 그래도 멈추지 않는 잡념들이 끊임없이 계속된다.

오전 나절, 친구와 오랜만의 통화를 했다. 그러다 대화 중에 '넌 진심이 없어…'라는 말을 들었다. 밑도 끝도 없이. 갑작스러운 질책에 당황해서 '아니야, 니가 못 느꼈을 뿐이지 난 진심, 진심이 한가득이야'라고 농담조로 얼버무렸다. '이 친구가 또 뭔가 심통이 났나?' 하면서도 영 기분은 산뜻하지 않았다. 찝찝하게 전화를 끊으며, 산책이나 해야겠다고 생각한다.

실외와 실내가 가장 다른 느낌을 주는 계절이다. 실내는 으스

스한데, 창밖의 풍경은 따뜻하고 찬란해 보인다. 주섬주섬 옷을 껴입고 집을 나섰다. 엘리베이터를 타고 버튼에 쓰인 숫자를 무심코 보다가 솔직함의 레벨을 생각한다. 솔직하다와 솔직하지 않다의 단계를 10까지로 놓는다면 나의 솔직함은 어느 지점에 멈추어 있을까? 아무리 후하게 쳐봐도 나의 단계는 2나 3 정도의 지점에 머물러 있을 것 같다.

그러고 보니 친구의 진정성 지적에도 뭐라 할 말이 없다. 늘 나의 솔직하지 못한 태도가 불만일 것이다.

밖으로 나서니, 변덕 심한 날씨로 영 마땅찮은 봄기운이 바람을 타고 일렁인다. 어디로 갈까 잠시 망설이다 평소엔 잘 가지 않는 집 앞 낮은 산으로 방향을 잡는다. 몇 걸음 떼지도 않았는데, 이리저리 피어난 꽃들이 얼굴을 들이밀며 서로 봐달라고 아우성친다. 마지못해 바라보니, 아닌 게 아니라 아름답긴 하다.

길을 건넌다. 어릴 때부터 그랬다. 난 솔직해지는 것이 늘 두려웠다. 겉으로는 나에게 집중하는 듯 굴었지만, 사실은 상대방이 원하는 것에 나를 맞추는 게 훨씬 쉽고 익숙했다. 관계의 평화를 위해 그쯤이야 얼마든지 감수할 수 있다고도 생각했다. 그런데 그러다 보니 정작 내가 원하는 것은 깊숙이 감춰져 드러내는 것을 어려워하는 사람이 되었다. 감추고 있으니 늘 모호하고, 곁에 있는 사람들은 답답함을 느끼나보다. 입술만 달싹일 뿐 한번에 뱉어내지 못하는 말들은 간절할수록 엉뚱한 말이 되어 나온다. 솔직함은 자신감에 기반을 두게 마련이어서, 나의 못난 열등감이 솔직함을 자꾸 밀어낸다. 그래서 나는 솔직한 성격을 가진 사람에게 호감이랄까 선망 같은 것이 있다.

한 계단, 두 계단, 이 생각 저 생각, 어느새 산은 보잘것없는 정상을 내어준다. 정상을 코앞에 둔 계단 중간쯤 나란히 앉아 있는 다섯 살가량의 남자아이 둘이 보인다. 그런데 가까이 가니 아이들 주변에 의외의 재즈가 흘러나온다. 둘 중 하나의 조막만한 점퍼 주머니에 쑤셔박힌 휴대폰에서 흘러나오는 음악이다. 플레이리스트로 보아 엄마의 휴대폰인데, 재즈의 선율과 초록이 묘하게 어우러져 아이들이 숲에 음악을 선사하고 있는 것 같다. 까딱까딱 박자에 맞춰 고개를 흔드는 아이들 모습에 걸음을 멈춰섰다. 저맘때의 아이들은 존재만으로도 시선을 송두리째 빼앗아간다.

고개를 돌리니 서너 걸음 뒤처져 계단을 내려오는 엄마인 듯 보이는 두 여자의 모습이 눈에 띈다. 뭐가 재미난지 키득키득 웃으며 대화에 빠진 둘의 표정에는 또래 아이들을 키우는 동질감이 스며 나온다.

그러고 보니 아들이 저 나이였을 때, 나도 친하게 지나던 아들의 친구 엄마들이 있었다. 그리고 그 중에는 놀랍게도 솔직함의 레벨이 8이나 9 정도 되어 보이던 한 여자가 끼어 있었다. 범상치 않았고, 호감을 가질 수밖에 없었는데, 나는 그녀의 솔직함에 반해버렸다. 도저히 타인에게 말할 수 없을 것 같은 가족사부터 사적인 부부 이야기, 자신의 결점까지도 그녀는 별반 친해지지도 않은 동네 엄마들에게 털어놓았다. 그냥 하는 말이 아니라 진심에서 우러나온 이야기였다. 자신이 느끼는 감정을 표현하는 데도 거침이 없었으며, 서운함과 고마움도 미루지 않고 그때그때 이야기했다. 처음에 나는 놀라웠는데, 얼마 지나지 않아 솔직함은 그 무엇보다 관계에서 큰 힘을 지닌다는 것을 깨달았다. 그렇게 툭 터놓고 다가오니 모두 최소한 그녀 앞에서는 솔직해지려 노력했고, 신뢰는 단단하게 성장했다. 무엇보다 그 모습이 너무 자유로워 보여 나는 한동안 그녀의 태도를 따라 해보려 노력했다. 그리고 얼추 비슷한 지점을 한두어 번 경험해보기도 했다. 나는 그때 '나도 달라질 수 있구나' 하고 느꼈다.

그런데 잊고 있었던 걸까? 솔직함은 자유를 선사하고, 열등감을 이긴다는 사실을 알았는데, 또 무엇이 그렇게 겁이 나 모호한 행동과 말에 젖어들었던 걸까? 이래서 사람은 참 변하기 어렵다는 생각이 들었다.

산 정상 공원에는 의외로 많은 사람이 봄을 즐기고 있다. 나는 그 공원에 살고 있는 토끼를 좋아하는 아들을 위해 토끼 사진을 찍고 싶었다. 그런데 웬걸 토끼 모습이 보이지 않는다. 한참을 찾아보니, 예민한 토끼들은 사람의 시선을 피해 덤불더미에 웅크린 채 숨어 있었다. 스트레스에 취약한 토끼의 생존방식이 나와 별반 다르지 않아 쓴웃음이 났다.

집으로 돌아오는 산책의 마무리에는 늘 그렇듯 반성과 다짐이 함께한다. 나는 내일, 좀 더 나은 내가 되고 싶다. 그러기 위해 솔직함의 레벨을 확 끌어올리고 싶은데, 비결은 없는지 궁리해본다. 답답하지 않고, 자유롭게….

어떻게 해야 할까? 생각만으로는 해답을 만날 수 없다는 것을 안다.

고개를 드니 눈앞에 뽀얀 벚꽃 잎이 훨훨 날아간다. 지극히 자유로운 그 장면이 깊이 저장된다.

A4픽션

아버지 지금 돌아가주셔서 감사해요

아버지 장례에 조문을 와준 대학 친구들을 위해 자리를 마련했다. 그 친구들마저 없었다면 장례식장은 정말 썰렁할 뻔했다. 나는 고마운 마음에 고심하여 메뉴를 고르고, 식당을 정했다.

아버지는 폐암으로 오 년 전 수술했고, 그 후 재발을 거듭하며 고생했다. 삼 년쯤 지나서는 가족들도 반쯤 포기한 상태가 되었다. 어차피 완치는 처음부터 기대하지 않았다. 그래서 이십일 전 혼수상태가 시작되었을 때도, 오래 끌지 않고 돌아가셨을 때도 차라리 담담했다. 그리고 나는 이 시점에 아버지가 돌아가신 것이 그가 내게 준 마지막 선물쯤으로 생각되었다. 하루 걸러 한번쯤 안부를 묻는 P가 제일 먼저 소식을 알았다. 그는 고맙게도 동문 단톡에 부고를 올려주었다. 이십여 명이 '삼가 고인의 명복을 빕니다'와 '조의를 표합니다'라는 메시지를 화음이 훌륭한 합창처럼 번갈아 전하였다.

장례 첫날, 정신이 하나도 없었지만 빼놓지 않고 단톡을 확인한 이유는 그녀 때문이었다. 그녀도 조의를 표했는지 궁금했다. 저녁나절에야 겨우 마지막 차례로 그녀의 메시지가 도착했다. '조의를 표합니다.' 그녀는 짧은 쪽을 선택했다. 부고의 단톡 화면에 그녀의 메시지가 첨가되자 꽉 막혀왔던 숨이 쉬어지는 것 같았다. 그 후로 나는 마음이 훈훈해졌다. 엄마가 서럽게 울고, 뒤늦게 누나가 아버지의 죽음이 각성되듯 멍하니 정신을 놓고 있었지만 내 슬픔은 진한 에스프레소가 얼음물에 퍼져가듯 재빨리 희석되었다. 상실의 마음 사이로 선명한 희망이 파고들고 있음을 부인할 수 없었다. 조문객을 맞으면서도 비실비실 웃음이 새어나오는 것을 참기 위해 입술을 깨물어야만 했다. 조의를 표한다는 말이 그토록 로맨틱하게 느껴질 줄은 몰랐다. 나는 속으로 '조의를 표합니다, 조의를 표합니다' 하고 그녀가 내게 보낸 문장을 되뇌었다.

장례 이틀째 그녀는 혼자 조문을 왔다. 검은 원피스 차림의 조신한 매무새였고, 표정을 감춘 얼굴로 내게 인사했다. 조문을 받는 내내 그녀와 눈을 마주치기 위해 애썼다. 목례를 하고, 아버지에게 국화꽃 한 송이를 올린 그녀가 나와 마주 서자 아주 잠깐 빤히 쳐다보았다. 시선이 부딪친 순간 얼굴이 화끈 달아올랐다. 달리 무슨 말을 할 수 있는 상황이 아니었고, 곧바로 눈길을 거둔 그녀는 그대로 돌아갔다. 조문의 짧은 형식이 안타까울 뿐이었다. 계속 가슴께가 붕 떠올랐다. 시간이 지나도 마음이 쉬 가라앉지 않자 나는 화장실로 갔다. 거울을 보니, 수척한 얼굴에 희미한 홍조가 피어나고 있었다. 남 모를 기대로 빛나고 있는 눈빛까지 확인하자 "미친놈…" 하는 혼자 말이 절로 나왔다. 장례 내내 자리를 지켜주고 있던 P가 내 몰골을 보자 억지로 식사를 권했다. 밥알이 넘어갈 리 없었다. 그만큼 가슴이 울렁댔다.

"새끼야, 너 할 만큼 했어. 이제 니 인생 살아."

P는 내 어깨를 툭툭 치며 형처럼 말했다.

국밥에 애꿎은 숟가락을 휘휘 돌리며 중얼거렸다.

"나도 살아보고 싶다. 그놈의 내 인생…."

집안에 누군가가 중병을 앓게 되면 모든 것은 유보된다. 아버지가 폐암3기 선고를 받았을 때부터 내 삶은 정지되었다. 하나뿐인 누나는 미국에 있었고, 엄마는 십 년 전부터 경도인지장애를 앓고 있었다. 그날로 끝이었다. 매일 먹는 약 하나도 스스로 해결하지 못하는 부모는 시시각각 나를 물고 늘어졌다. 시간은 부족했고, 돈은 모자랐다. 인생이 한마디로 집 잃은 개꼴이었다. 늘 후줄그레 고단해서 그만 살까 하는 말이 나도 모르게 툭툭 튀어나왔다. 그런 시간을 참아내고 있었는데 한 달 전 그녀가 불쑥 나타났다. 시큰둥하게 참석한 동창 모임에서 십수 년 만에 그녀를 만난

것이다.

그녀는 사실 P의 여자 친구이었다. 눈에 띄는 외모는 아니었지만, 그녀를 감싸고 있던 어떤 생동감을 나도 처음부터 알아보았다. 그런데 P는 그녀와 헤어지고 대뜸 딴 여자와 결혼했다. 덕분에 그녀는 우리 주위에서 사라졌지만, 나는 자주 그녀를 떠올렸다. 그런 그녀가 내 눈앞에 앉아 있었다. 세월이 그렇게 흘렀는데도 그녀에게 끌리는 마음을 깨닫는 데는 몇 분이 채 걸리지 않았다. 술자리가 길어지면서 처음으로 홀가분한 관계에서 말다운 말도 해봤다.

얼마만인가…. 몰두가 되는 여자를 앞에 두니 저녁나절 계속되던 두통마저 말끔히 사라진 기분이었다. 하지만 나는 이번에도 그녀를 놓칠 수밖에 없다는 것을 잘 알고 있었다. 누구를 옆에 둘 처지가 아니었다. 술이 오르자 하루만이라도 그녀를 붙잡아보고 싶었다. 그래서 데려다준다며 같은 택시에 탔다. 차 안에서 미친 척 손을 잡고 잊지 못했노라고 천진하게 고백할 수 있었던 건 내게 욕심이 없었기 때문이었다.

"넌 어디 갔다 이제야 왔냐? 네 생각 꽤 했는데…."

그녀는 잠시 주춤하는 눈치였지만 손을 빼지는 않고 말했다.

"이제야 솔직해지네. 너는 맨날 뭐가 그렇게 어려워?"

그녀의 눈빛에 반짝 생기가 돌았다.

'살면서 쉬운 게 있기는 한가?'

대답 대신 나를 바라보는 그녀의 눈에 장난스럽게 입을 맞췄다.

집으로 돌아오는 길, 벚꽃 잎이 바람결에 흩날리다 비처럼 떨어지는 광경이 처음으로 눈에 들어왔다.

'벚꽃 잎은 참 가볍기도 하다….'

그날 밤새 뒤척였지만 차마 시작하자고 말할 용기는 나지 않았다. 내 상황의 설명이 너무 구차했다. 그래서 이틀 후, 꽤나 망설이며 보냈을 그녀의 톡을 씹어버렸다. 대신 욕실로 들어가 피가 나도록 이를 닦았다. 나는 그녀에게 줄 게 하나도 없었고, 이번에도 타이밍은 개떡 같았다.

'그래, 안 만났다고 치자….'

그때 다급하게 나를 부르는 엄마의 목소리가 들렸다. 허겁지겁 나가보니 거실 바닥에 쓰러진 아버지가 보였다. 그날로 그는 깨어나지 못했다.

그저 아버지 한 사람 사라졌을 뿐인데, 갑자기 생활이 단순해지고 시간이 남아돈다. 그 바람에 삼십 분이나 먼저 약속 장소에 도착했다. 그녀는 이 모임의 참석 여부에 대해 가타부타 연락이 없었다. 약속 시간이 십 분쯤 지나자 P와 친구들이 우르르 몰려왔다. 나는 반갑게 인사했으나 긴장감으로 자꾸 얼굴이 굳어와 맥주 한 잔을 급하게 들이켰다. 혹시 안 오면 어쩌나…. 자꾸 신경이 곤두선다. 십오 분, 이십 분, 이십오 분, 이십팔 분…. 덜컥 가게 문이 열리면서 태연한 표정의 그녀가 들어선다. 갑자기 나를 향한 친구들의 위로가 축하의 말로 들리기 시작한다. 건성으로 대답하면서 그녀를 바라보았다.

'아버지 지금 돌아가주셔서 감사해요.'

제2장

마음을 때리는 노래는 질릴 때까지 듣기

농담의 수위

내일은 없다

코로나 톡

쑥국

통속적 스토리홀릭

내가 그녀가 되다

| A4픽션 | 민트색 니트를 입어야 하는 이유

쇼핑의 원칙

농담의 수위

어떤 이는 여행을 미친 듯이 사랑한다. 또 하릴없이 매일 빵을 굽는 친구도 있다. 그런가 하면 요가나 피트니스에 인생을 바친 여인들도 심심치 않게 발견된다. 모두가 갈구하는 무언가가 있는 것이다.

나는 그것들 모두에는 별 관심이 없다.

대신 말장난에 빠져 있다. 말하는 것이 너무 좋다. 단어를 고르고, 반응을 살피고, 함께 공감하는 순간이 진짜 재미있다.

머릿속에서 도저히 그 무엇으로도 대체할 수 없는 똑 떨어지는 단어들이 튀어나오고, 문장이 깜찍한 장난기와 얄미운 농담으로 포장되어 나올 때 그 희열은 대단한 것이다. 가끔은 입이 머릿속의 단어를 쫓아가지 못해 서로 뒤엉켜버릴 때도 있다. 생각이 점프를 계속하다가 버벅거리게 되는 것이다. 그럴 때 내게 수다는 단순한 대화의 행위 이상이다. 전율이 느껴지고, 이미 마음은 어딘지 모를 안드로메다로 날아가 있다.

문제는 대상이다. 대상을 만나기가 쉽지 않기 때문이다. 사람들은 의외로 지나친 농담을 싫어한다. 유치하다고 생각하거나, 아무런 의미가 없다고 느끼고, 때론 시간 낭비라고 질책한다. 가끔은 성숙한 어른들의 모임에서 분위기 파악 못하고, 말장난의 유혹에 빠져 제멋대로 떠들어버리는 순간이 있다. 그러다 정신을 번쩍 차리고 주위의 시선을 살펴보면 차갑기가 이루 말할 수 없다. 냉정한 눈빛으로 공격당하는 것이다. 그럴 때 나는 재빨리 입을 닫아야 한다. 그리고 평소대로 '쭈그리'가 된 채 구석에 처박힌다. 또 잘못한 것이다. 같은 실수를 반복하면 안 되지만 이런 식의 분위기 파악은 늘 지리멸렬하다.

친구들이 있다. 나의 농담을 힘겨워도 받아주는 마음씨 좋은 사람들이다. 내가 고등학교를 자퇴한 아들과 힘겨운 시간을 보내고 있을 때, 친구들은 내게 찾아와주었다. 평일 한낮, 집에서 가까운 식당들은 무대가 되었다.

마치 연극 같았다. 시간은 한두 시간으로 정해져 있었지만, 그것만으로도 축복이었다. 당시 나는 늘 갇혀 있었고, 매여 있을 수밖에 없었는데, 학령기의 아들이 집에 혼자 덩그러니 있었기 때문이었다.

그 감질나는 시간, 친구들은 나의 농담을 안주 삼아 술을 마셨다. 그날의 테마를 좋아해줄 때도 있고 아닐 때도 있었지만 상관하지 않았다. 막이 오르면 나는 입을 털어댔다. 혼자가 아니었고, 친구들도 기꺼이 동참했다.

나를 비롯한 우리는 관능을 추종하고, 연애에는 목을 매는 입만 살아 있는 중년의 여자들이었다. 주제는 내가 좋아하는 것들, 내가 흥분할 수밖에 없는 것들 그리고 나를 미치게 만드는 것들 등으로 내 위주일 때가 많았음을 고백한다.

누구나 그렇듯 나도 내 안에 다소 과격하고 흥미로운 것들이 숨겨져 있다. 반응을 살펴가면서 점점 분위기를 고조시켰다. 친구들은 서로의 농담에 취하고 술에 취했다. 그리고는 마지막에는 농담을 주도한 내가 바람잡이라고 했다. 속을 털어놓는 것이 아니라 자기와는 상관없는 농담짓거리를 하면서 남에게 펌프질을 해댄다고 비난 아닌 비난을 했다.

하지만 나는 바람잡이가 아니다. 내 머릿속에서 돌아다니는 것들을 끄집어내어 발산하고 싶었을 뿐이다. 현실이 되긴 어렵지만 대부분 진심이었다. 표현되지 못하고, 쌓여 있는 그것들은 희한한 단어가 되어 튀어나왔다.

생각하기에 농담은 분명히 아름다운 것이고, 다듬을수록 정교해지는 수준 높은 놀음이다. 그리고 한두 가지의 규칙이 반드시 존재한다. 우선 무대와 합이 맞는 배우, 참을성 있는 관객이 있어야만 한다. 시간이 지나 불이 꺼지고 무대가 치워지면 나는 소심하게 입을 닫았다. 때론 창피하고 후회했지만, 그 쫄깃한 취미를 버릴 순 없었다. 그렇게 말을 가지고 신나게 놀았다.

그런데 얼마 전 우연히 젊은 철학 선생의 강의 중에 말은 다른 예술 영역과 비교해 월등히 혼에 그 기반을 둔다는 이야기를 들었다. 영혼에서 나오는 소리가 바로 언어라는 것이다.

듣는 순간 조금 무거워졌다. 나의 농담들이 나의 영혼에서 새어나오는 것이라면 좀 더 신중해져야 하나 하는 생각이 들었기 때문이다. 나는 광대처럼 맨 얼굴을 숨기고 다분화되어 있었다. 농담이 나의 내면에서 나오는 것이기는 했지만 때로는 부풀려졌고, 때로는 리드미컬하게 조절되었고, 때로는 지나친 상상력으로 보충되었기 때문이다. 반성하기로 하고 농담의 수위를 조절해보기로 한다. 내 영혼의 보존도 문제지만 친구들도 이제 지겨울 것이다.

바야흐로 나도 묵직한 여자 어른이 되어야 하는 건가?

길 것으로 예상되는 농담의 휴지기가 시작되고 있다.

내일은 없다

38년생 호랑이띠, 82세인 엄마는 오늘도 자이브를 춘다. 자이브만 추는 것이 아니라 합창도 하고 일본어도 배운다.

엄마는 20여 년 전 아빠를 보내고 혼자되었다. 완전히 늙지 않은 나이에 갑자기 결혼생활이 끝나버리고 혼자가 된 것이다. 나는 아빠 없이 보내게 될 엄마의 시간이 잘 상상되지 않았다. 아빠는 떠나면서 자식들에게 그해 맞이하게 될 예순 번째 엄마의 생일을 부탁했다. 쓸쓸하지 않게 해달라고, 엄마와 함께 있어 주지 못해 미안하다고 했다. 가을이 되어 엄마가 생일을 맞자 우리는 작은 모임을 하면서도 언뜻언뜻 엄마의 눈치를 보았다. 걱정되었기 때문이었다. 외롭지는 않을까, 우울하지는 않을까…. 무엇보다 앞으로 엄마가 제대로 설 수 있을까 염려되는 마음이었다.

그때까지 나는 엄마를 제대로 몰랐다. 워낙 개성 넘치고 경쾌했던 아빠에 묻혀 엄마는 건조하고 이기적인 성격의 그냥 엄마로

알았다. 그리고 결혼생활 내내 엄마는 아빠에게 의존적이었다. 따라서 엄마 혼자서 할 수 있는 것들이 별로 없었다. 그래서 홀로 보내게 될 엄마의 시간이 염려되었다.

하지만 나의 판단은 틀렸다. 엄마는 먼저 간 아빠를 그리워했지만 얼마 지나지 않아 자신의 삶을 살기 시작했다. 그동안 읽고 싶던 소설책도 실컷 읽고, 사이클도 시작하고, 산에도 다니면서 하고 싶던 일들을 찾아갔다. 그리고 놀랍게 춤도 추기 시작했다. 엄마가 춤을 추리라는 것은 상상해보지 않았다. 우리가 어렸을 때 엄마는 취미로 붓글씨를 썼다. 그런데 엄마는 더는 그런 답답한 취미는 갖고 싶지 않다고 말했다. 그런 건 지겹다고, 몸을 움직이겠다고 선언했는데, 우리는 어이없어하면서도 손뼉 치지 않을 수 없었다.

사실 엄마는 유난히 붙임성 없는 자신의 성격에 늘 자신 없어했고, 그로 인해 대인관계를 힘들어했다. 하지만 용기내기로 결심했다며, 댄스 교실에 적극적으로 참여했다. 그렇게 시작한 엄마의 춤인생도 어느덧 이십 년이 되어간다.

처음에는 어설펐지만, 엄마는 차츰차츰 자신의 세계를 단단하게 구축해나갔다.

외모로만 보면 그냥 보통의 80대 할머니일 뿐이지만 엄마와 이야기해보면 알 수 있다. 엄마는 노년의 굴레에 갇혀 있지 않다. 늘 깨어 있고 지금도 앞으로 나아가고 있다. 가끔 고민을 말하면 들려주는 해결책은 명료하고 구태의연하지 않다. 어떨 땐 나보다 진보적일 때도 있다. 엄마는 벌써 오래 전부터 내게 내일을 생각하지 않는다고 했다. 그저 오늘 하루를 충실하게 사는 엄마의 삶이 멋있어 보인다.

중학교 때 내 별명은 '미운 오리새끼'였다. 오리 주둥이처럼 약간 튀어나온 입 때문인지 아니면 좀 삐져나가는 행동 때문이었는지 알 수는 없지만 어쨌든 아이들은 나를 오리새끼라고 불렀다.

그런데 나는 그 별명이 과히 싫지 않았다. 백조로의 변신이 예정되어 있기 때문이었다. 미운 오리새끼는 지금은 좀 외롭고 힘들어도, 참고 견디면 찬란한 백조로의 등극이 예정되어 있지 않은가! 완벽한 해피엔딩의 삶이다. 그래서 별명이 도리어 위로가 된 적도 있었다.

하지만 살아보니 백조로의 변신은 개뿔.

현실은 절대로 동화가 될 수는 없다. 그저 허덕허덕 주어진 시간을 헤엄쳐갈 뿐 나이를 아무리 먹어도 얼마 나아가지도 못했다. 나도 나름대로 내일을 위해 애썼지만 화려한 변신은 없었다. 실패를 거듭하고, 좌절을 견뎠지만, 때로는 내가 어디로 가고 있는지

조차 알 수 없었다. 그래서 조금씩 마음이 초조해지기 시작했다. 얼마 되지 않는 저축된 예금을 야금야금 빼먹듯이, 시간과 열정을 낭비해왔던 지난 날이 후회되기 시작한 것이다.

생각해보면 우리는 잘못 배웠다. 학교가 부모가 자꾸 미래만을 생각하라고 가르쳤다. 그래서 우리는 오늘을 살면 큰일나는 줄 알았다. 이유는 수백 가지도 넘었다. 지금은 학생이니까, 지금은 젊으니까, 지금은 아이가 어리니까, 지금은 경제적 여력이 없으니까, 지금은 상황이 안 되니까. 그래서 매번 기다리고, 미루고, 내 앞의 것들은 사라졌다.

나도 최근에야 더 이상 내일은 없는 것이라는 것을 깨달았으니, 교육의 힘은 위대하다. 저당 잡힌 오늘은 내일을 보장하지 않는다. 오늘이 행복해야 내일이 행복할 수 있다. 그렇다면 더는 어리석게 내일을 위해 오늘을 희생해서는 안 되는 것이다. 그나마 똑똑한 요즘 아이들은 이미 깨닫고 다들 오늘을 잘 살고 있으니 다행이다.

엄마는 언제 이 중요한 사실을 깨달았을까? 아빠가 떠나고 나니 깨달아진 것일까? 어쨌든 내일로 오늘을 대신하지 않는 엄마가 나보다 멋있다. 물론 나이 탓일 수도 있을 것이다. 하지만 이제부터 나도 내일은 조금만 생각하기로 한다. 오늘에 집중하고, 지금에 푹 빠져보기로 한다.

코로나 톡

다섯 명 여자 친구들의 단톡방이 있다. 그저 일 년에 한 두어 번 어색하게 생사를 확인할 뿐이었고, 대게는 먼저 말 거는 사람이 없어 조용하기만 한 단톡방이었다. 다들 미국으로, 호주로 같은 하늘 아래라도 지방으로 흩어져 살고 있어 이십 년이 지나도록 다 같이 만날 기회조차 없었다. 한때 가까웠지만 사느라고 세월이 벌려놓은 관계였다.

'잘 지내고 있지? 다들 건강하지?' 코로나가 멀리 사는 친구들의 안부를 묻게 했다. 내일이 불확실해지자 진한 무기력에 빠져버린 나는 오전 내내 소파에 드러누워 있다가 심드렁하게 인사말을 던졌다. 사실 걱정이 조금 되기도 하였다. 그런데 반응이 예상치 못하게 폭발적이었다. 기다렸다는 듯이 진심 어린 염려와 위로가 서로에게 넘쳐나더니 그로부터 몇 주째 톡이 멈추지를 않는다. 시차도 상관없이 각자 눈 뜨자마자 시작되는 이야기들은 날이 저물어 잠자리에 들 때까지 계속된다. 잠시 볼일을 보고 휴대폰을 켜보면 수백 개의 끝도 없는 메시지들이 겹겹이 쌓여 있을 정도다.

코로나로 예기치 않게 외출이 불편해졌고, 일상적인 쇼핑조차 어려운 곳이 생겨나고, 앞날을 예측할 수 없게 되자 친구들은 필사적으로 톡의 대화를 붙잡고 있다. 서로에게 따뜻한 위로를 보내고 싶은 마음이 간절한 진심임을 알 수 있다. 톡의 대화에도 그런 진정성은 얼마든지 판단이 가능한 법이니까.

사실 우리의 대화는 두서가 없고, 그저 다급하게 이어질 뿐이다. 어느새 다 커버린 아이들 일상을 묻다가 대뜸 저녁 레시피를 공유하고, 이십대 풋사랑 이야기에 깔깔대다가, 혼자만 생각해온 노년의 계획을 조심스럽게 털어놓는다. 어렵고 견디기 힘들었던 결혼생활은 무늬만 다를 뿐 너나 할 거 없이 겪을 수밖에 없는 필수과목이었다. 아이들 양육에도 저마다 가슴 아픈 실패의 기억을 가지고 있다. 이젠 건강에 슬슬 자신이 없고, 시간이 갈수록 더해가는 외국생활의 고충들도 솔직하게 다가온다. 살다보니 잘 살았는지 못 살았는지 점점 더 알 수가 없다고 말한다. 누가 더 멋진 삶의 결과를 만들어냈는지도 말할 수 없다. 그렇지만 매일 매일 열심히 살아왔노라고 친구들은 앞다투어 이야기한다.

그렇게 톡을 시작한 지 사나흘 지난 후 한 친구가 불쑥 '나 이혼했어. 3년 전에' 하고 털어놓기도 했다. 우린 그녀가 힘든 시간을 보낸 것이 안쓰러웠지만 과히 놀라지 않았다. 그리고 쓸데없이 궁금해하지도 않았다. '그저 사정이 있었겠지. 그리고 너의 용감한 선택을 지지한다'라고 한목소리로 응원해주었다. 우리는 이미 삶의 한 방식으로 그녀의 선택을 이해할 수 있는 자세를 지니고 있었다. 코로나블루로 마음을 활짝 열게 된 친구들은 그동안 만나지 못해서 차라리 단순하고 순수한 느낌으로 다가오는 것 같았다. 대화는 근래에 보기 드물게 솔직하고도 편안하게 이어지고 있다. 살아온 세월을 세세히 알지 못했기에 더 귀 기울이게 되고, 어려서의 모습을 알기에 더 깊은 이해가 가능하다.

끊임없이 이야기를 나누다보니 나는 그들이 보고 싶어졌다. 그리고 멀리 떨어져 살면서 애쓰는 친구들이 너나 할 거 없이 애처롭게 느껴졌다. 무엇보다 긴 세월이 지나면서 친구들은 멋지게 성숙해 있었다.

마음이 통했는지 그들 중 하나가 2년 뒤 10월에 모두의 만남을 제의했다. 편안한 곳에서 4박 5일쯤 아무것도 하지 말고 살아온 이야기를 하고 싶다고 했다.

노년을 시골에서 보내기로 한 친구가 여기가 어떠냐고 시골집 사진을 보내왔다. 그림처럼 평화롭고 어여쁜 집이었다. 마당에는 커다란 가마솥도 걸려 있었다. 기꺼이 모두 그곳에서 만나기로 동의했다. 우리는 아침 일찍 일어나 산책도 하고, 마당에서 음악도 듣고, 시골장터에서 장을 봐 서로에게 맛있는 음식도 해주기로 했다. 가을이 깊어갈 것이니 우리는 서로의 삶을 더 깊이 바라볼 수 있을 것이다. 어쩌면 아주 따뜻한 위로의 시간을 주고받을 수 있을 거 같다.

기대가 생겨났다. 나는 부디 그 시간이 우리 모두에게 허락되기를 기원해본다. 머지않아 코로나는 끝날 것이다. 그리고 친구들의 단톡도 시들해질 것이다. 하지만 불안하고 힘들었던 시간 가운데 선물 같았던 코로나 톡은 내내 기억될 거 같다. 지금도 멈추지 않고 톡이 내게 날아온다.

쑥국

1995년 나는 노처녀였다. 이십대 중반부터 선을 백 번쯤 봤지만, 상대를 만나지 못했고, 신랄하게 이야기하자면 결혼 적령기 남자 백 명에게 차인 꼴이었다. 연애 비슷한 것은 철들 무렵부터 있어왔던 축이었지만 어찌된 일인지 결혼 상대자로는 취급받지 못했나. 아무리 생각해도 모를 일이었다. 하긴 결혼 자체에 대한 흥미가 부족한 채 연애를 하고, 선 자리에 나가 앉아 있었으니, 똑똑한 남자들이 그걸 몰랐을 리 만무하다.

속셈은 늘 들통나게 마련이니까.

고개가 절로 돌아가는 미인형도 아닌 주제에 나는 적극성과 절실함이 부족했다. 어찌 되었건 서른을 훌쩍 넘기자 뭔가 채워지지 않은 허전함에 슬슬 안달이 나기 시작했는데도 변화는 없었다.

그러다 갑자기 혼자 살게 되었다. 남동생은 먼저 결혼했고, 안

식년을 계기로 부모님이 해외로 떠났다. 졸지에 나는 빈집에 남겨졌다. 지금이야 대학생만 돼도 독립이 반인 세상이지만 그때는 좀 달랐다. 혼자 사는 여자가 드물었고, 친구들은 죄다 결혼했으니 함께 놀아줄 사람이 없었다. 밤에 멍청하게 TV 앞에 앉아 있으면 이렇게 살다가 혼자 죽어나간들 아무도 모르겠구나 하는 독고사의 두려움이 제대로 느껴졌다. 나름 열심히 일하고, 될 수 있으면 매일 저녁 약속을 만들어 고립되지 않으려 노력했다. 하지만 역부족이었고, 심신미약인 나는 여러 모로 혼자 살 품성은 될 수 없음을 통렬히 깨달았다. 알고보니 나는 상당히 외로움을 타는 의존적인 여자였다.

그렇게 어두운 겨울을 보내고 봄을 맞이했는데, 어느 날 오전회의 후 동료가 사주를 보러 가자고 권유했다. 아닌 게 아니라 언제쯤 짝을 만나게 되는지 궁금하던 차였다. 종로구 내자동의 유명한 철학관이래서 기대를 잔뜩 한 채 따라나섰는데, 상담 결과는 참담했다. 사주를 넣자마자 일찍 결혼하면 무조건 실패고, 늦으면 늦을수록 좋다고 하는데, 적절한 시기가 입이 딱 벌어질 만큼 늦은 나이였다. 나는 기대한 만큼 분노했다.

그래서 그 집을 나서자마자 현금인출기에서 곧바로 복비 이십만 원을 호기롭게 뽑아 다닥다닥 붙어 있는 내자동 철학관 열 집을 그날로 순례했다. 내 사주 결과의 통계를 보면 해결점이 보일 것도 같았기 때문이었다. 복비가 아까웠지만 다급했으므로 눈을 감았다. 그런데 똑같은 사주의 결과는 제멋대로였다. 성공한다에서 별 볼일 없다부터 부모덕이 있다와 자수성가형이다는 물론 수명이 짧다와 길다에 이르기까지 이렇다 할 공통점을 찾기 어려웠다. 그런데 이상하게도 결혼만은 만혼이 정답이라고 입을 모아 이야기했다.

나는 상당 부분 의기소침해졌으나 최선을 다해보기로 마음먹었다. 앞으로 수십 년을 혼자 살기에는 자신이 없었다. 그래서 이제껏 찾아볼 수 없었던 적극성과 절실함에 진정성까지를 장착해보기로 했다. 그때까지 오랜 친구로 남아 있던 지금의 남편을 집으로 초대했다. 나와는 무관해보였던 여성성을 발휘해 최고의 신붓감으로 인정받아, 그 길로 친구 관계를 깔끔하게 청산해볼 요령이었다. 저녁을 손수 만들어 먹이기로 작정하였고, 메뉴는 이제 막 봄이 시작되는 시점이었으므로 향기로운 쑥국과 생선전으로 정했다. 생각이 거기까지 미치자 성질 급한 나는 일사천리였다. 곧바로 약속을 정했다.

결혼한 지 3년차 되는 솜씨 좋은 친구에게 상세한 레시피를 전수받고, 마트에서 꼼꼼하게 장을 봤다. 쑥국과 생선전쯤은 해보지는 않았지만 할 수 있을 거 같았다. 마트에서 돌아와 막 밑 손질을 시작하려는데 운 나쁘게 아파트 전체가 단수였다. 지금 생각해도 단수면 요리를 깔끔하게 포기했어야 옳았다. 하지만 나는 이미 멈출 수 없는 폭주족이었다. 꼭 성공적인 저녁 상차림을 완성하고 싶었다. 그래서 단지에서 유일하게 물이 나오는 1층 경비실 앞 수돗가에서 물을 길어 12층 집까지 날랐다. 그러고 나니 이미 피곤해서 곤죽이 되었는데도 부족한 물로 야채를 손질하고 세심하게 된장을 풀었다. 이제 향기로운 쑥국 냄새로 온 집안이 그득할 차례였다. 그런데 아무리 끓여도 쑥이 가라앉기는커녕 뻣뻣하게 솟아오르는 폼이 뭔가 불길했다. 엄마가 끓여주던 쑥국의 형체는 나타나지 않았다. 약속 시간은 다가오는데 나는 멘붕이었고 생선전은 시작도 못했다.

친구에게 전화로 팔짝팔짝 뛰다가 싱크대 위에 놓인 포장용기에 눈이 닿았다. 노처녀인 내가 팔자를 바꾸기 위해 최선을 다해 고른 국거리는 쑥이 아니라 쑥갓이었다. 말이 되는가? 쑥과 쑥갓쯤은 당연히 구별했겠지만, 욕심에 눈이 멀어 말도 안 되는 실수를 한 것이다. 언제나 그렇듯 세상사는 절대로 마음먹은 대로 되질 않는 법이다.

성공적인 봄 저녁상은 고사하고 설익은 맨밥에 오징어젓갈 하나로 오랜 남사친과 나는 어색한 저녁을 먹었다. 황량한 밥상에 대해 이실직고했고, 웃어주었는데 나는 영 기분이 별로였다. 그리고 즉각 의욕도 상실했다. 하지만 적극적이고도 간절했으며 진실한 쑥갓국의 해프닝은 그에게 닿았는지 이듬해 그와 결혼했다. 결혼하고 보니 그는 쑥국을 싫어해서 그날의 실수를 만회할 기회는 별반 주어지질 않았다.

그리고 나는 그 일 이후로 더는 나의 사주를 다른 이에게 상의하지 않는다. 인간의 삶에 운명은 존재한다고 생각하지만 그걸 해석하는 방식은 스스로에게 있다고 믿어졌기 때문이다. 내게 닥친 상황은 내 생각대로 풀어나가는 것이 훨씬 현명할 것 같았다. 향이 진한 쑥의 파릇한 계절이 또 한번 지나간다.

통속적 스토리홀릭

나는 유전적으로 이야기에 중독되어 있다. 엄마가 광적으로 그랬고 그 인자는 내게로 내려왔다. 내가 태어나기도 전 신혼이었던 엄마는 라디오 드라마에 팔려 아무리 초인종을 눌러도 아빠의 귀가를 알아채지 못한 적이 있었는데, 추운 날 대문 밖에서 호되게 떨었던 아빠는 화가 머리끝까지 나 신혼부부의 소중한 재산목록 중 하나였던 소니 라디오를 마당에 던져 박살내버린 적이 있다고 들었다. 아빠의 고백으로는 사실은 아까워 살짝 던진다고 한 것이 돌멩이에 부딪쳐 라디오는 회생불능이 되고 말았다고 했다.

뿐만 아니라 엄마는 재미있는 영화를 볼 때면 영화관에 죽치고 앉아 몇 번이고 다시 보는 취향을 가졌는데 나오지 않는 엄마를 기다리다 질려버린 아빠는 엄마가 죽으면 영화관 밑에 묻어주겠노라고 살벌한 농담을 날리기도 했다. 예전의 영화관은 한번 들어가면 나올 때까지는 공짜로 영화를 볼 수 있었다. 어찌되었든 집착 쩌는 스토리홀릭은 엄마에 이어 나에게도 어이없는 에피소드들을 양산케 했다.

초등학교 무렵 아빠는 TV가 바보상자라며 '육 개월 TV 보지 않기' 프로젝트를 감행한 적이 있었다. 나름의 교육적 시도였던 셈인데 나는 거의 정서불안 증세에 빠져버렸다.

그 시절 핫한 드마라는 〈꽃피는 팔도강산〉과 〈여고시절〉이었다. 드라마 방영 시간이 되면 골목골목을 돌며 TV가 켜져 있는 아무 집 문이나 두드리며 '꽃피는 팔도강산 보세요?' 하며 드라마 구걸을 하곤 했고, 문을 열어주면 들어가 기꺼이 모르는 사람들과 드라마를 보았다. 궁하면 통하는 법이었다. 거짓말 같겠지만 무조건 실화다.

조간신문에 실리던 연재소설은 어찌나 감질나게 재미있었던지 신문 쉬는 날이면 좀이 쑤셨고, 지금은 줄거리도 가물거리지만, 김말봉 선생의 통속소설 「찔레꽃」은 너무 읽어 나달나달해질 정도였다.

조금 더 자란 고3 때는 이덕화 정애리 주연의 드라마 〈못잊어〉가 인기 절정이었는데 방영 시간이 되면 도서관에서 몰래 기어나와 학교 앞 대웅서적으로 숨어들어가곤 했다. 다행스럽게도 서점 사장님은 본방 사수를 위해 헐떡이며 들어서는 내게 '못잊어 왔어?' 하며 TV 앞 지정석을 내주셨다. 따뜻한 난로 앞 의자를 내게

양보하신 유머러스한 서점 사장님은 나를 이름 대신 '못잊어'라고 불렀다. 지금이야 다시 보기가 있어 자유스럽고, 넷플릭스가 24시간 계속되지만, 그때는 본방을 놓치면 기약이 없었다.

꽂히면 포기하지 않았다. 봐야 할 주말 드라마가 있으면 아예 나가려 하질 않았는데 연애 때 남편은 배터리가 수도 없이 들어가야 하는 최신식 휴대용 TV를 사서 데이트 중 차 안에서 드라마를 보여주는 호사를 선사하기도 했다. 그 시절 휴대용 TV는 드라마 한 편도 채 끝나기 전 건전지가 바닥나 끊어지기 일쑤였는데 그럴 땐 부리나케 새 것으로 갈아가며 끝을 보아야 했다.

소설이건 드라마건 영화건 장르를 가리지 않고 이야기에 중독된다. 이십대 무렵까진 일요일 목욕탕 나들이 후 연애소설을 읽으며, 저녁 드라마를 기다리는 시간을 우리 모녀는 가장 좋아했다. 그거면 충분했다.

뻔한 이야기건 시시한 이야기건 퀄리티는 그다지 중요하지 않았다. 어느 지점에서건 마음을 건드리는 포인트는 발견되게 마련이었는데, 그야말로 감정이입의 능력은 탁월했다. 뻔하면 뻔할수록 신파면 신파일수록 더 당기는 맛이 있었다. 이야기에 집중할 때는 그 누구의 방해도 질색이었다. 쥐 죽은 듯 조용한 거실에서 드라마에 입을 헤 벌리고 빠져 있는 모습이 다소 멍청해보이기도 했겠지만, 그 순간 머릿속은 완전히 비워져 그보다 더 효율적인 힐링은 발견할 수 없었다.

세월이 흘러 엄마도 나도 늙어가지만, 우리의 스토리홀릭은 변하지 않았다. 이야기 속에서 만나는 누군가의 인생과 사랑, 슬픔과 죽음은 같은 것 같지만 같지 않고, 다른 것 같지만 희한하게 비슷하다. 사람 사는 이야기만큼 흥미로운 것은 세상에 없는 법이다. 우리 모녀는 살면서 이야기를 통해 세상을 구경하나보다.

내가 그녀가 되다

숨을 쉴 수가 없을 정도로 무더운 여름날이었다. 나는 병 중이었으므로 아침부터 기운이 하나도 없었다. 겨우겨우 식탁에 불려 나가 밥을 먹는데, 너무 더우니 땀도 흐르지 않고 도리어 서늘한 느낌이었다. 조용했고, 영원히 아무 일도 일어날 것 같지 않은 막막한 느낌이 나를 사로잡았다. 백 년이 지나도 나는 이 두려움과 고통에 갇혀 지낼 것이 분명하다고 생각했다.

그때 날 보살피러 우리 집에 온 나로 인해 불행했던 나이든 엄마는 자꾸만 채근했다. 어서 나가서 걷자고, 걸어야 한다고….

젖은 빨래처럼 축 늘어져 의지는 없었고, 더군다나 힘도 없었지만 거의 등짝을 두들겨 맞다시피 산책로로 나섰다.

삼복더위, 시간은 오전을 넘어 막 점심때로 접어드는 참이라 아침, 저녁 북적대던 산책로는 개미 새끼 한 마리 찾아볼 수 없도록 조용했다. 뙤약볕이 내리쬐고 있었고, 더웠지만 추웠던 나는 되는 대로 옷을 껴입고 천천히 엄마와 함께 걸었다. 두런두런 이야기를 나눴던 것 같기도 했지만 뭐 그리 중요한 대화는 아니었고 감정은 제대로 컨트롤되지 않았다. 나는 짧은 시간 이토록 아파서 망가진 내 신세가 기가 막혀서 멍하니 걷다가 찔끔찔끔 짜다가를 반복했다. 아프다는 건 역시 자신의 노력이나 의지로는 개선되지 않는 불가항력의 상태이므로 나는 어느 정도 이성을 상실한 채였지만 뻔뻔해질 수 있었다. 차라리 눈치볼 거 없이 편안하기도 했다.

그렇게 억지 걸음을 걷다가 그녀를 보았다. 산책로 중간쯤 낮은 정자에 한 여자가 잠들어 있었다. 그녀는 분명 홈리스였으나 평범한 홈리스는 아니었다. 나처럼 딥지만, 분명히 추웠을 그녀는 두터운 겨울옷을 입고 베개를 껴안고 있었는데, 옷도 베개도 오랜 시간의 흔적은 느껴지지 않았다. 덮고 있던 이불은 깨끗했고 차라리 고급스러웠다. 지열이 펄펄 끓고 세상은 곧 녹아 없어질 듯 맹렬하게 기온이 치솟고 있는데 두터운 겨울옷에 이불을 덮고도 그녀는 웅크리고 있었다. 제아무리 지독한 폭서도 그녀의 얼어붙은 심장을 녹이기에는 역부족이었을까?

그저 스쳐지나가야 하는데 발걸음이 떨어지지 않았다. 아무 일 아닌 척 무심히 돌아서야 하는데 자꾸만 돌아봐졌다. 우리는 쌍둥이 같았다. 자는 그녀를 흔들어 깨워 이야기를 나누고 싶었다. 무슨 이야기를 하든 그 이야기는 바로 내 이야기가 될 것만 같았다. 그 순간 나는 그녀가 되었다.

어둠이 내리면 그녀는 그 깊은 잠에서 깨어날까? 눈을 뜨는 순간 곁에서 그녀의 손을 잡으며 안심시켜주고 싶었다. 나도 당신처럼 춥고 힘이 든다고….

때마침 고요한 산책로에서 튀어나온 한 무리의 고등학생들이 수상쩍은 눈빛으로 우리를 살피며 스쳐갔다. 내 손을 잡고 재촉하는 엄마의 얼굴에서도 안쓰러움이 베어져 나왔다.

| A4픽션 |

민트색 니트를 입어야 하는 이유

오늘도 개수대에는 작은 컵 하나가 놓여 있을 뿐이다. 전기밥통의 보온시간을 나타내는 숫자도 68을 넘어서고 있다. 수십 년 밥을 지어온 늙은 여자의 주방이라고 하기에는 너무 무기력한 장면이다. 창가 일인용 소파에 다리를 쭉 뻗고 누운 듯 앉아 있는 그녀가 보인다. 졸음이 몰려오는지 들고 있던 신문을 테이블에 밀어 놓고, 돋보기를 벗으려던 찰나 휴대폰 알림음이 울린다. 딸의 톡이다.

'엄마, 오늘 선이 좀 받아줘. 지금 회의 중인데…. 미쳤나봐. 오후까지 연장이래. 선이 친구 두 명 같이 간식 먹이고 미술 보내야 되는 날이야. 알지? 엄마 오늘 스케줄 없다고 했으니까…. 부탁해. 늦으면 안 돼!'

다급한 메시지를 보니 어차피 거절할 수 없는 부탁이다. 시간을 확인하자 서둘러 일어선 그녀는 어제 벗어두었던 연두색 면티를 목으로 끼워넣다 힘겹게 도로 뺀다. 옷에서 뭔가 좋지 않은 냄새를 맡은 듯 코를 씰룩인다. 잠시 멈춰섰던 그녀가 커튼을 뚫고 쏟아지는 햇살을 물끄러미 보더니 방으로 들어가 옷장 문을 연다.

같은 초록 계통이지만 섬세해보이는 민트색 린넨 니트를 꺼내 빠르게 몸에 걸치면서도 시선은 테이블 위에 놓인 시계를 향한다. 정신없이 뛰쳐나가는 그녀의 등, 린넨사의 까슬까슬한 빈틈 사이로 풍성한 초가을 볕이 스며든다.

딸아이 아파트 앞에 도착하니 유치원 하원 버스 도착 사 분 전이다. 정각에 버스가 멈춰서고, 차돌같이 맨질맨질한 선이 그녀를 향해 "할머니…" 하고 달려든다. 선의 뒤로 여자아이 하나, 남자아이 하나가 줄 서듯 나란히 서서 그녀를 바라본다.

"할머니 배고파. 피자…."

급식으로는 어림없었을 아이들을 차에 태우고 피자집으로 향하는 내내 그녀의 입속에도 침이 고인다.

아이들은 배가 고프다고는 했지만 먹는 양이 형편없다. 대신 오전 내내 빈속이었던 그녀가 더 게걸스레 피자를 욱여넣는다. 오랜만에 먹는 피자 맛이 오늘 따라 정말 달다고 느낀다.

손에 피자 한 쪽씩을 들고 아이들은 곧 가야 할 미술학원 선생님에 대해 불만을 털어놓기 시작한다. 그녀는 이 어린 나이에도 벌써 하기 싫은 일을 해야 하는 의무감을 느끼는 아이들이 우습기도 하고 안쓰럽기도 하다. 그러다 선과 아이들이 왁자지껄한 옆 테이블에 시선을 빼앗긴다. 고깔모자를 쓴 서너 명의 또래들이 케이크를 앞에 두고 이제 막 촛불을 끄려하고 있다. 부러운 마음에 허전한 얼굴을 한 아이들에게 그녀가 은근히 묻는다.

"우리도 고깔모자 쓸까? 꼭 생일이 아니어도 생일파티는 할 수 있어."

그 소리를 듣자 아이들이 '꺄악' 소리를 지른다.

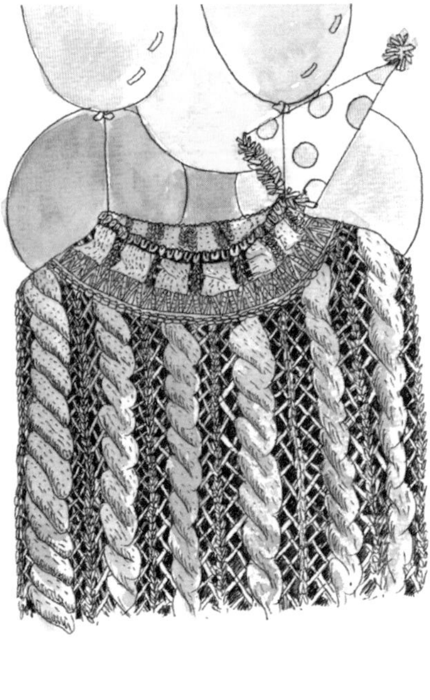

반쯤 남은 케이크 상자를 든 그녀와 아직 고깔모자를 벗지 않은 아이들이 알록달록한 풍선을 들고 차에 오른다. 볼이 발갛게 달아오른 아이들은 아직 채 흥분이 가라앉지 않은 표정이다. 이제 가기 싫은 미술학원에 가야 할 시간이지만 그들의 얼굴에는 까짓거 하는 여유로움이 배어 있다. 식당에서 미술학원까지의 이동 거리는 고작 십 분, 흥이 남은 아이들이 노래한다. 노래에 맞춰 그녀의 차도 들썩인다.

미술학원을 코앞에 두고 그녀의 차가 멈춘다. 서둘러 일을 끝낸 딸이 미술학원 앞에서 초조하게 기다리고 있다. 딸은 그녀를 보자 왜 이제야 오느냐고 불만을 터트릴 기세이다. 차 문이 열리고, 엄마를 발견한 선이 급하게 내려선다. 그 바람에 선의 손에 들린 풍선이 하늘로 날아가버린다.

바람을 타고 두둥실…. 풍선 끝에 매달려 깃발처럼 펄럭이는 생일 축하 리본이 민망해 보인다.

순간 딸의 표정이 묘하게 복잡해지면서 그녀를 향해 소리 없는 무수한 말들을 쏟아낸다. 아차 하는 미안함이 섞여 있다. 질 좋은 민트색 니트는 그녀가 생일이면 꺼내 입기 좋아하는 옷이다. 하지만 아이들과 함께 딸을 향해 걸어오는 그녀의 얼굴은 무심함과 태연함이 있을 뿐이다. 오늘 하루는 한껏 배가 불러 부러울 게 없는 좋은 날이라고 생각한다.

쇼핑의 원칙

— 20세기 엉성한 플렉스

쇼핑처럼 개인의 성격에 따라 달라지는 행동양식이 있을까? 물건을 구입하는 것 자체를 싫어하는 쇼핑혐오자에서 원하는 것은 무엇이든 가지고야 마는 쇼핑중독에 이르기까지. 살면서 물건을 고르고 사는 일은 누구도 피해갈 수 없는 기본적인 일상 중 하나지만 성향에 따라 그 패턴은 천차만별이다.

나의 경우 쇼핑은 하나의 탐구와 같아서 경제적 여건과 체력이 허락하는 한 즐거운 놀이가 된다.

작은 주방용품에서 침구, 화장품, 니트 한 벌에 이르기까지 품목을 가리지 않고 품질과 가격의 확고한 데드라인을 설정해놓고, 내가 원하는 근사치에 맞춰간다. 그러노라면 허비되는 시간이 아깝지 않냐고 하는 친구들도 있는데, 새 것을 시도하는 것에 소심한 내게 쇼핑은 신문물로 가득한 세상 구경이기도 한 셈이다.

필요한 것이 생기면 꼼꼼하게 메모한 뒤, 먼저 인터넷으로 트렌드를 진지하게 조사한다. 넓혀져 있던 카테고리가 어느 정도 좁혀지면, 그 다음은 직접 눈으로 그 물건을 보기 위해 오프라인 매장으로 향하는데, 매의 시선으로 품질이며 가격 등을 세세하게 살펴본다. 때로는 저렴한 가격에 내가 원하는 이상의 품질을 보유한 보석 같은 아이를 찾아내는 횡재를 할 때도 있지만, 지난한 노력이 헛된 시간으로 끝나버리는 경우도 허다하다. 어쨌든 그 사이 나는 열정 가득한 탐험가의 시간을 맛볼 수 있다. 좋은 것을 비싼 가격에 구입하는 것은 절대 하지 않는다. 가격은 그 가치에 따라 내가 정하는 것이 원칙이다. 그래야 쪼는 맛이 있다.

쇼핑에 어처구니없이 탐험가정신을 대입하는 무리수를 두게 되었지만, 어찌 되었건 무조건 첫 가게에서 모든 것을 결정해버리는 용감무쌍한 결정의 고수들을 나는 이해하지 못한다.

지금은 없어졌겠지만 수많은 오디오 가게들이 청계천에 모여 있던 시절이 있었다.

이십대 끝자락, 나는 무려 서너 달치의 월급을 악착같이 모아 그곳으로 호기롭게 오디오 쇼핑을 나선 적이 있었다. 꼭 제대로 된 오디오를 갖고 싶었던 것은 호사가 취향에 대한 동경이었다. 사실 음악을 깊게, 전문적으로 듣는 편도 아니라서 '개발에 편자'인 셈이었지만, 허영기에 젖어 그저 그런 미니 컴포넌트를 나의 첫 오디오로 구입하는 게 싫었다.

몇 주 전부터 수도 없이 청계천 오디오 상가를 풀방구리에 쥐 드나들 듯 드나든 덕분에 무지했던 오디오에 관한 기초 상식들은 어느 정도 주워들은 시점이었다. 내 수준의 왕초보자에게는 어떤 오디오가 적당한지 예상 모델도 숙지되었다.

그날은 결전의 날이었다. 그때쯤에는 결론을 내려야 했고, 대충의 예산도 마련되었다. 아침 열 시쯤 청계천에 도착했는데, 점심도 쫄쫄 굶고, 여섯 시가 될 때까지 그야말로 한 가게도 빠짐없이 집요하게 발품을 팔았다. 거의 백여 개에 가까운 점포들이 빼곡한 오디오거리였다. 하지만 애석하게도 원하는 사양과 가격은 좀체 맞춰지지 않았다. 막상 사려 하니 생각했던 예산에서 초과했고, 가게의 전문가들은 저마다 다른 말을 조언해서 머리가 어지러울 지경이었다.

해는 져가고, 배는 고프고, 뺨은 달아오른 채, 너무 많이 지친 나는 포기해야 하나 생각하고 있었는데, 상가 입구 쪽 가게의 사장님이 나를 불렀다. 의자에 앉혀 음료수를 권하면서 도대체 원하는 게 뭐냐고 다짜고짜 물었다. 보아하니 정말 무지한 초짜 같은데 아침부터 끈질기게 돌아다니는 것이 참 안쓰러워 보인다며 혀를 끌끌 찼다.

어찌 되었건 나는 그곳에서 마침내 나의 첫 오디오를 샀다. 시원스럽게 가격을 깎아주는 마음 약한 사장님을 만난 것이다. 덕분에 내가 원했던 사양보다 훨씬 좋은 오디오를 품에 안았다. 모양이 깜찍했을 뿐 아니라 무엇보다 이름이 너무나 아름다웠던 그 오디오는 마치 그곳에서 나만을 기다려온 것 같았다. 그건 바로 느낄 수 있었고, 그 후로도 오랜 시간 내 곁에 머물렀다. 물론 두 번 다시 그런 전문적인 오디오 쇼핑을 하지는 않았다. 욕구가 충족되었으므로 시선은 다른 쪽으로 향했던 것이다. 아마도 남자들이 첫 자동차를 구매할 때 나와 비슷한 경험을 하지 않을까 잠시 생각한 적도 있었다.

지금도 쇼핑은 나에게 있어 큰 즐거움 중 하나이다. 오랜 탐험 끝에 마침내 나의 취향을 발견했을 때, 나는 속으로 쾌재를 부른다.

드디어 너를 만났구나. 아끼고 사랑할 테니 우리 함께 살자!

제3장

영화관에 스며들어 시원하게 울기

실패를 복기하다

위험하기 짝이 없는…

선호의 공간

걷는 취향

| A4픽션 | 작고 빨간 두 번째 심장을 가진 그녀

잠

어느 해안가 마을

실패를 복기하다

나는 실패한 시간의 복기자다.

끊임없이 돌아가는 오토리버스처럼 실패와 슬픔의 시간을 무한재생으로 복기하는 못된 버릇을 가지고 있다. 좋은 기억은 오래 간직하고, 나쁜 기억은 빨리 잊어버리라는 어른들의 충고에도 이 요상한 습성을 버리지 못한다. 도리어 그 시간을 잊어버릴까봐 자꾸만 내 안에서 새기고 떠올리는 것이다.

나름의 이유는 확실한데, 그건 바로 비겁해지기 싫은 까닭이다. 살면서 빛나고 아름다웠던 순간과 마찬가지로 실패와 슬픔의 시간 역시 그것을 생산해낸 주역은 '나'이므로 차마 그 시간을 외면할 수가 없다.

어이없지만 가끔은 패전의 증거품과도 같은 그 시간의 상징물을 곁에 두고 자주 꺼내보기도 한다. 그날의 나를 잊지 않겠다고 다짐하는 나만의 의식인 셈이다.

하루에도 십수 번은 여닫는 부엌 싱크 맨 위 칸 가장 눈에 잘 띄는 선반에는 분홍 뚜껑의 작은 약병이 놓여 있다. 문을 열 때마다 외면할 수 없는 위치에 놓인 그 병은 보이는 순간 자동으로 힘들었던 시간의 고통을 떠올리게 하는데, 그럼에도 악착같이 시선을 거두지 않는다. 그다음 괴로웠던 날들을 짧게나마 압축적으로 회고한다.

'잊으면 안 돼….'

내가 생각해도 참으로 기가 막힌 것은 휴대폰 포토갤러리에 보관된 한 장의 사진이다. 길게 꼰 휴지를 한쪽 코에 틀어막은 채 맥을 놓고 누워 있는 내 모습인데 영락없이 골룸처럼 보인다. 어쩌다 사진을 발견한 사람마다 질색하지만 지우고 싶은 생각이 없다. 가끔 그 사진을 보면 내 자신이 너무 못생기고 흉하지만, 그런대로 견뎌낸다. 모든 것을 포기해버린 황폐한 모습의 내가 거기 있다.

그 외에 지금 봐도 얼굴이 붉어지는 민망한 메시지들이며, 배반의 흔적들은 또 어떠한가! 생각할수록 쪽이 팔리고, 후회가 밀려오지만, 꾸역꾸역 상기해본다. 왜 그 일이 일어날 수밖에 없었는가를 생각하고 또 생각한다.

때로는 생각이 너무 먼 곳까지 뻗어가 뒤죽박죽이 되기도 하지만 멈출 수 없다. 어떤 일은 시간이 흘러 기억의 오류가 상당할 것임을 알면서도 포기가 안 되는데, 기어이 나름의 납득할 만한 이유를 찾아내고야 한 켠으로 밀어낼 수 있다.

이 무슨 집착 쩌는 취미인지, 성질 한번 강박적이라고 여겨지지만 고쳐질 것 같지는 않다.

그런데 하나, 신기한 것은 그런 실패의 기억들이 나를 해치지 않는다는 것이다.

정돈의 법칙에 해당하는 건가?

엉클어지지 않고, 원인과 결과로 차곡차곡 정리된 실패의 흔적들은 깨끗하게 세탁되고 정갈하게 개켜졌기에 내 기억서랍 속 명품으로 탈바꿈하는지도 모르겠다.

좋은 추억과 달리 쓰린 기억들은 누구와도 공유하기 어려운 법이다. 매몰차게 버리거나 아니면 내 안에서 내밀하게 화해하고 쓰다듬을 수밖에 없다.

살아가면서 자책과 후회에서 자유롭지 못하다면 나의 이 짓궂은 방식이 때로는 효과적일 수도 있겠다. 다만 마음을 좀 단단히 먹고, 못돼먹은 냉담한 감성을 키워야만 기억에 끌려다니지 않을 수 있다. 객관적일 수 없다면 복기는 당연히 내게 유리한 방식으로 조작되게 마련이니까. 그럴 경우, 글쎄… 복기가 독이 될 수도 있다.

어쨌든 못나고 삐뚤어진 우리의 아픈 시간도 어떻게 다독이냐에 따라 얼마든지 귀한 나만의 장면으로 재창조될 수 있다. 그저 단순한 반성의 차원은 절대로 아니다. 솔직한 나와의 화해가 가능해진다. 그런 의미에서 실패는 무한정 복기해도 무방하다.

위험하기 짝이 없는…

1. 프롤로그

적어도 이제 나는 일상으로 돌아왔다. 예전에 느꼈던 다양하고 세밀한 감정들을 그런대로 온전히 느끼며 생활에 집중할 수 있다. 없어서는 안 될 신체의 감각을 잃어버렸다 되찾은 느낌이랄까? 감기로 집 나간 식욕이 돌아올 때도 반가운데 뒤죽박죽 엉켜버린 감정의 실타래를 제대로 풀어냈으니 생각만 해도 신통하다.

때로는 문맥을 놓치고 딴생각으로 멍청해지기도 하지만 나는 좋아하는 신문을 읽으며 아침을 시작할 수 있다. 마음이 가는 영화나 드라마를 찾아내 온전히 몰두의 즐거움을 느끼기도 한다.

한동안 연락이 없어 생사가 궁금한 친구와 간만에 약속을 하고, 생기 있는 대화에 적극적으로 참여한다. 나와 무관한 사람의 이야기에도 호기심이 일고 가끔은 신랄하고 유치한 남의 뒷담화가 짜릿하기까지 하다.

대화 중 내가 예민해지는 주제가 등장할 때 가끔은 두려움이 확확 밀려들 때도 있지만 마음을 가다듬고 심호흡 한번으로 평상심을 회복할 수 있다. 전략적이고 계획적인 쇼핑이 가능하고, 은행업무나 여타 전화 상담도 더는 공포스럽지 않다.

새로운 계절이 다가올 때 느껴지는 바람 냄새나 혹은 그 계절이 떠나갈 때 선사하는 빛의 변화들도 민감하게 느낄 수 있게 되었고, 무엇보다 자질구레한 입맛도 완전히 되살아났다. 게다가 거울을 보고 바지 기장이 요즘 스타일에 맞는지 아닌지를 체크하는 나를 발견할 때 안도한다.

마침내 나는 안전하다.

2. 최초의 증상들

길을 걸으면 눈에 박히는 얼굴들이 있다. 시각은 보이는 것을 인식하는 것이 아니라 어쩌면 보고 싶은 것을 인식하는지도 모르겠다.

임신했을 때는 거리에서 임신한 여자와 유독 많이 마주치는 느낌이었다. 나 말고도 임신한 여자가 이렇게나 많았나 할 정도로….

무릎이 아팠을 때는 걸음걸이가 불편한 사람들이 눈에 띄었고, 사랑에 빠졌을 때는 거리가 온통 연인들 투성이었다.

우울에 사로잡혀 있을 때 나는 마음이 아픈 수많은 사람을 거리에서 만났다. 스쳐가는 사람의 얼굴에서 고통을 통째로 안고 견뎌 가는 것이 보였다. 무표정하게 천천히 길을 걷고 있는 것처럼 보이지만 온몸은 계속해서 아플 것이다. 통증은 그치는 법이 없을 테니까.

수년 전 나는 우울증 환자로 몇 개월을 버텼다. 멜랑꼴리아라는 다소 감상적인 이름을 가진 이 병은 증상만큼은 결코 감상적일 수가 없다. 잔인하고 폭력적인데다가 냉정하게 사람을 몰아붙인다.

아주 처음, 미세한 증상의 시작은 눈물이었다. 이상하게도 살면서 익숙하지 않았던 눈물이 계속해서 차오르고, 누구에게 내 이야기를 하는 것이 너무도 서글펐다. 마치 꼭 죽음을 앞둔 할머니가 된 것처럼 '니들은 모른다. 내가 지금 얼마나 힘이 드는지' 뭐 이 정도의 느낌이었다.

이상했다.

나는 원래 뭐든지 좋게 생각하는 습성이 있었고, 힘든 일이 닥쳐와도 결론은 반드시 희망적으로 내려야만 직성이 풀리는 성격이었다. 더군다나 질질 짜는 건 내 구역의 감정표현이 아니었다. 늘 감정을 잘 정리해 타인에게 객관적으로 설명하는 것을 좋아하는 타입이었다.

그런데 시도 때도 없이 울기 시작했다. 오만 사람들이 나를 몰라주는 것 같았다. 갱년기의 시작인가? 하는 생각은 잠깐 했다.

그 시기가 되었으므로 이상할 것이 없다고 생각했다. 그런데 정도가 심해도 너무 심해졌다. 질질 짜다가 세상이 무섭고 드디어는 호흡이 곤란해졌다. 증상은 빨라도 너무 빨리 심각해졌다.

3. 온오프의 고장

밤이 되었는데도 나는 잠 들 수가 없었다. 단 일 분도 내 의식은 멈추지 않았고, 엄청난 자책을 동반한 고통이 시작되었다.

온오프가 고장난 가전제품처럼 후회는 끝없이 계속되었다.

그리고 그 괴로운 생각들을 도저히 멈출 수가 없었다.

멈추고 싶은데 멈춰지지 않는 나쁜 생각의 파편들은 아무렇게나 제각기 날아올라 여린 뇌에 생채기를 냈다.

그러다 마침내 과부하로 터져버릴 것만 같았다.

나의 뇌는 뜨겁고, 따갑고, 다시 뜨겁다가 거침없이 부풀어올라 폭발을 앞둔 폭탄이었다.

그러다 문득 못 살겠다는 생각을 했다. 견뎌낼 수 없다는 두려움에 사로잡히게 된 것이다. 눈물은 다시는 한 방울도 나오지 않았다. 울고 싶은데 울 수 없는 아픔은 울고 있으면서 느끼는 고통의 백만 배였다.

4. 무기력

오랫동안 알고 지내던 친구가 나를 보고 놀라 말을 잃었다. 불과 이 주 만이었는데 변해도 너무 변한 내가 말문을 막아버린 모양이었다. 사람이 그렇게 빨리도 변해버릴 수 있다는 사실을 나도 몰랐긴 마찬가지였다. 지나가던 누군가가 나를 보고 그 친구의 어머니냐고 물었다. 기가 막혀 피식하고 웃음이 새어나왔다.

나는 하루에 십 년씩 늙어가 이미 백 년을 살아버린 느낌이었다.

시간이 갈수록 의식은 몽롱해졌는데 희한하게도 다른 한편은 또렷해졌다. 소원은 단 하나로 시간을 되돌리고 싶다는 것이었다. 내가 나였던 시간으로 돌아가기를 간절히 소망했다.

절대로 이루어질 수 없는 그 소원이 나의 의식을 또렷하게 붙잡고 있었다.

못 먹고, 못 자고 하는 문제와 함께 가장 큰 고충은 씻을 수 없다는 것이었다. 씻기 싫은 것이 아니라 씻을 수가 없는 무기력에 사로잡히는 것이었는데, 그때 나는 사람이 어떤 행동을 할 때 가장 필요한 것이 의지라는 것을 깨달았다.

씻지 못하자 몸에서 냄새가 나기 시작했다. 얼굴에는 어떤 표정도 나타나지 않았다. 어쩌다 비친 거울에서 나는 몇 십 년은 족히 지난 늙은 모습의 나를 확인할 수 있었다

경악했다.

5. 단절

아파트 벤치에 앉아 오랫동안 엄마를 기다렸다. 마치 어린아이

가 외출에서 돌아오지 않는 엄마를 기다리듯이…. 나는 혼자인 것이 두려운 금치산자가 되어버렸다. 보호자가 필요했다. 어느새 보호자가 없으면 지탱할 수 없는 지경에 이르러버린 것이었다.

이상한 나뭇잎 모양의 반팔 티셔츠를 입은 채….

아직도 기억한다. 바탕은 하얀 색이었고 나뭇잎 무늬의 그래픽은 연회색이었다. 그저 그런 여름 티셔츠였는데 난 그 티셔츠만 입은 채 거의 삼십 일 가까운 시간을 보냈다. 일주일에 한번 마지못해 빨곤 했는데 다른 옷으로 갈아입을 생각조차 못했다. 옷은 땀과 눈물과 온갖 지저분한 체취로 얼룩져 찌들어 있었다. 흰 색은 더는 흰 색이 아닌 오묘한 색으로 변해 있었다.

그날 아침 나는 나를 포기했다. 병원에 가기 위해 이를 악물고 몸을 씻다가 거울을 통해 일그러진 표정의 나를 발견했기 때문이었다.

거울 속의 나는 분명 나이지만 내가 아닌 듯했다. 애초에 거울 자체가 깨어져 내 모습이 변형된 듯 보였다.

의식의 계단이 빠르게 무너져내렸다. 마치 지진의 충격이 순식간에 단층을 만들어 내듯 와르르르….

지금 생각해도 섬뜩한 기억인데, 어이없게도 나는 잠깐 고흐가 이해되었던 것 같기도 했다.

이제 바보가 되려나? 내 주민등록번호가 얼핏 떠오르지 않았다.

벤치에 앉아 집 앞 현관의 비밀번호를 생각해냈다.

머릿속 된장찌개의 레시피가 사라져버린 지는 벌써 오래였다.

주민번호를 기억하고, 우리 가족의 전화번호를 떠올리고, 애써 생각해낸 현관문 비밀번호를 잊어버리기 전에 외워두려고 애썼다.

그러다 보니 어째 낯이 익은 이웃 여자가 걸어가는 것이 눈에 띄었다.

그녀를 보며 나는 속으로 중얼거렸다.

나도 저 여자처럼 저런 생기있는 눈빛을 지니고 있었다고….

여름이면 저렇게 시원해 보이는 원피스를 입고 가볍게 걸을 줄 알았다고….

그때 내내 울리지 않던 휴대폰에 한 통의 메시지가 도착했다. 친구 모임의 단체 톡에서 나를 향해 환하게 웃고 있는 친구들의 모습이 보였다.

그날은 모임의 날이었다. 맛있는 점심, 따뜻한 커피, 시간 가는 줄 모르고 계속되었을 수다 그리고 까르르 까르르 근심을 털어내는 웃음소리….

친구들은 어서 빨리 함께하자고 손짓하고 있었다.

그들이 천리만리는 떨어진 머나먼 곳에 있는 듯 느껴졌다.

나는 이제 영원히 그들 속으로 돌아갈 수 없다고 생각되었다.

6. 일상의 파괴

나는 한때 내가 돈 쓰는 기계 같다고 생각한 적이 있었다. 사치스럽다거나 그런 종류의 자책은 아니고 그저 현대생활의 기본이 쇼핑이라고 생각되었다. 아침에 일어나 샤워하면서 언제나 그 날의 세세한 쇼핑 목록을 떠올렸다. '잊어버리지 말아야지, 빠트리지 말아야지' 하고 다짐을 하면서 몸을 씻기 시작했다. 떨어져가는 올리브오일, 진간장, 과일, 명란젓 등 식품류는 물론이고 용도에 맞는 휴지와 칫솔 등 생활용품과 양말, 속옷, 스웨터 등 의류 등속까지 사야 할 물건들은 왜 그다지도 많은지 머리를 헹구면서 꼼꼼하게 기억하고 분류하였다.

입맛에 맞는 제품을 구매하기 위해서는 상점의 위치에 따라 동선을 정해 움직여야 했다. 예컨대 같은 귤과라도 조생귤은 길 건너 재래상가를, 천혜향 등 개량종은 단지 내 슈퍼를 이용하는 것이 현명했다. 사람들이 붐비기 전 대형 마트에 들러 양말과 속옷 등을 구입한 후 재래상가에서 명란젓과 조생귤을 사고, 돌아오는 길에 단지 내 슈퍼에서 그날 먹을 식료품을 구입하는 것이 일상이었다. 나는 생활에 순발력 있게 굴었고 늘 종종걸음으로 발랄하게 움직였다.

큰맘 먹고 슈퍼로 나섰는데 벌써 한 시간째 비어 있는 쇼핑카트를 끌고 있었다. 뱅글뱅글 몇 바퀴를 돌았을까?

나는 사야 할 품목을 결정할 수 없었다. 불과 한 달 전 춤을 추듯 날렵하게 쇼핑하는 여자였는데 역시 사람 팔자는 시간문제였다.

제일 좋아하는 천도복숭아가 갓 나와 빨갛게 쌓여 있었다. 시고 진한 과일에는 사족을 못 쓰는 내가 그것이 천도복숭아인 줄도 인지하지 못했다.

아무리 생각해도 무엇이 필요한지 무엇을 사야 하는지 생각이 나지 않자 나는 길을 잃은 어린아이처럼 당황하기 시작했다. 감자 한 톨, 라면 한 봉지를 카트에 담지 못하고 사람들로 바삐 움직이는 슈퍼에서 나는 가만히 멈추어 섰다.

'아~ 이렇게 일상이 파괴되는구나.'

그때부터 나는 아무 일도 할 수 없는 사람이 되었다. 은행 일도 아이의 학교 일도 주방 일도 간단한 컴퓨터 작업도 해낼 수 없었다. 나는 바삐 돌아가는 세상에서 완전히 아웃되었다. 모든 것이 내 앞에서 멈추어 섰다.

7. 우울은 전염된다

타인의 도움으로 일상을 유지한 채 시간을 보냈다.

나는 웃지 않고, 울지 않고, 말하지 않았다. 그저 의자에 가만히 앉아 시간을 흘려보냈다. 아침의 경계도 낮의 경계도 흐릿하게 지나가고 대신 밤이 오면 시간은 너무도 더디 흘렀다. 나는 깨어 있으면서 움직이지 않았고, 움직이지 않으면서 반복적인 생각에 빠져 있었다. 아주 나쁜 생각들이 꼬리에 꼬리를 물고 나를 침범했다.

나는 물론 죽지 못할 것을 알고 있었지만, 병은 내게 그것을 생각하게 만들었다. 나는 '죽을 용기로 살아낸다'라는 말의 철저한 신봉자였다. 자살하는 사람들의 정서는 내가 이해할 수 있는 범주의 그 무엇이 아니었다.

하지만 나는 그때 누구보다도 그들이 이해되었다. 살 수가 없어서 죽은 것이다.

하나를 가르치면 열을 아는 영재처럼 내게 찾아온 우울증의 진도는 빠르고도 빨랐다. 우울증은 몇몇 특징적 증세를 제외하고는 사람마다 달라서, 가볍게 감기처럼 앓고 지나가는 경우도 많다고 하는데, 나는 쉽게 떨치고 일어서질 못했다.

입을 열지 않고 며칠을 보내자 턱이 굳어 움직이지 않았다. 수면제가 도저히 듣지 않아 나는 무슨 주사라도 맞고 그저 기절하고 싶은 마음뿐이었다.

일 때문에 해외에 나가 있던 남편이 불러들어왔다. 시내버스를 잡아타듯 무조건 제일 빠른 비행기로 새벽녘에 들이닥친 남편의 얼굴을 보자 나는 가슴이 덜컹 내려앉았다. 남편은 분명 우울증이 아니었는데 나처럼 늙어 할아버지가 되어 있었다.

마음을 쓰고 졸였던 시간은 멀쩡한 중년을 순식간에 할아버지로 만드는 데 충분했나 보았다. 우리는 두어 달 만에 할머니와 할아버지가 되어 만났다.

8. 엄마

그때 만약 내 곁에 엄마가 없었다면 나는 어땠을까?

아마 훨씬 증상이 심해졌거나 아니면 만성으로 정착했을지도 모르겠다. 그렇게 철퍼덕 주저앉아버린 나를 일으켜 세워준 건 엄마이다.

나의 상태가 심상치 않음을 간파한 엄마는 간단히 세면도구만을 챙겨 우리 집으로 왔다. 사실 결혼 후 엄마는 우리 집에서 서너 시간 이상을 머무른 적이 없는 깍쟁이였다. 그리고 서로의 생활을 각자 잘하는 것이 서로를 위하는 길이라고 늘상 부르짖었던 현대식 모성의 소유자였다.

그랬던 엄마가 급하긴 급했던 모양으로 마치 전쟁에 임하는 군인처럼 결의에 찬 모습으로 나를 돌보러왔다.

처음에는 하루 이틀이면 다 괜찮아져 본인의 집으로 돌아갈 수 있을 거로 생각하신 거 같았다. 못 먹고 있으니 맛있는 걸 좀 해서 먹이고, 옆에서 다독이면 금세 일어날 수 있을 거라 찰떡같이 믿고 온 엄마가 그 길로 돌아가지 못하고 육 개월을 나와 함께 보낼 수밖에 없었다.

나는 엄마에게 욕을 얻어먹으면서 밥을 먹었고, 질질 끌려 산책을 나갔고, 등짝을 맞아가며 병원을 다녔다. 협박과 회유와 비난과 격려가 하루 종일 계속되었다. '날 잡아잡수' 하며 축 늘어진 중년의 딸을 깨우기 위해 엄마는 매일매일 싸우고 투쟁했다.

이 세상 모든 엄마는 자식을 위해서라면 폭발적인 힘을 발휘하는 것 같다.

그렇게 엄마는 흔들리지 않고 무너지지 않고 똑바로 버티면서 나를 지켰다.

9. 내가 이겨내야 하는 이유

유독 더웠고 비도 많았던 여름이었다.

그날도 비가 왔고, 마침 아무도 없었고, 나는 아침부터 소파에 누워 꼼짝도 않고 있었는데, 갑자기 눈길이 식탁으로 향했다.

아침에 아이가 먹다 남긴 말라빠진 토스트 한 조각과 오렌지 주스가 눈에 띄었다. 마치 오래된 정물화 같았다. 그러다 눈길은 천천히 집 안 구석구석으로 옮겨갔다. 윤기가 사라져버린 실내는 말라빠진 토스트 조각과 유난히 닮아 있었다. '이게 우리 집인가?' 하는 생각이 문득 들었다.

주섬주섬 일어나 냉장고를 열어보니 텅 빈 선반에 아이가 사다 놓은 시판 도시락이 덩그러니 놓여 있었다.

나는 가슴이 너무 아파서 주저앉았다.

그때 그토록 울고 싶어도 나오지 않던 눈물 한 방울이 툭 하고 떨어졌다. 막혔던 수도꼭지가 뚫린 것이다. 나는 기회를 놓칠세라 엉엉 소리 내서 울기 시작했고, 체증이 가라앉듯 속이 조금씩 후련해지기 시작했다.

아이에게 유난스러웠던 나의 식탁은 저런 모습이 아니었다.

언제나 하교 시간에 맞춰 아이가 들어서면 곧바로 먹을 수 있도록 따끈하고 혀에 착착 감기는 간식이 마련되어 있었다.

아이는 나를 사랑했고, 내 냄새로 가득한 훈기 있는 집을 유독 좋아했다. 집에서 쉬고 집에서 성장하는 아이에게 집은 세상에서 가장 안전한 둥지였다. 그런데 나는 내가 사랑하는 모든 것들을 스스로 파괴하고 있었다.

천천히 일어나 아프고 난 후 처음으로 주방에 섰다. 그리고 저녁에 먹을 된장찌개를 끓이기 시작했다. 어두웠던 실내가 환해지는 느낌이었다. 된장찌개의 맛을 보자 그런대로 먹을 만한 거 같았다.

비는 아직 추적추적 내리는데 나는 전화기를 들었다. 집에 잠시 다니러 가신 엄마에게였다. '엄마, 이제 안 와도 될 거 같아. 나 저녁 준비했어.'

10. 에필로그

그로부터 완전한 회복까지는 또 몇 달이 걸렸다. 하지만 생각보다는 훨씬 빨리 복용하던 약도 중단하고 나는 원래의 내 모습을 찾아갔다.

사실 내 우울증의 원인은 아주 단순한 문제에서 출발했다. 꺾이지 않는 고집스러운 성격이 문제였다.

일어난 일은 일어난 일이다. 없어지지도 지워지지도 않고 그렇게 그 시간은 나의 일부분이 되었다.

아직도 가끔은 그때를 떠올린다.

가슴 한편이 묵직하게 뻐근한 것이 상처의 흔적이겠지만 나는 이제 괜찮다.

그것도 아주 썩 괜찮다.

선호의 공간

내가 매혹된 단 하나의 공간은 절의 방이다. 미니멀리즘 같은 미학적 요소도 물론 영향을 미쳤겠지만, 그보다 끌렸던 것은 그 자체로 하나의 완전함을 느낄 수 있었기 때문이다. 나는 불교신자가 아니므로 사찰에 관한 추억은 거의 없는 편이다. 다만 지금까지도 절 방에 대한 애틋한 장면을 간직하고 있는 것은 젊었을 때 사나흘 머물렀던 월정사의 기억 때문이다.

삼십 년도 더 전의 일이니 템플스테이 같은 프로그램은 물론 아니었다. 그저 주지 스님께 부탁하여 손님방으로 쓰이는 요사채에 사나흘 머물렀을 뿐인데, 너무 좋았던 것이 내게 주어진 공간이었다.

텅 비어 있었고 간소한 이부자리 한 채가 다였다. 초겨울이었으므로 바닥은 절절 끓어 위는 차고, 아래는 따뜻한 그야말로 천국의 잠자리를 제공했다. 젊은 나이였기에 불편했던 단 한 가지는 방에 거울이 없었다는 것 정도였다.

신기하게 가만히 앉아만 있어도 많은 것들이 오고가는 방이었다. 문살 틈 사이로 겨울 빛이 나지막이 들어섰다 사라지면, 오래 묵은 나무 냄새가 슬금슬금 스며들고, 찬바람의 예민하고 시린 공기가 빠르게 스치듯 다가오는데, 그것들의 들고남을 방해하는 요소는 아무것도 없었다.

모든 것을 받아들이면서, 또한 모든 것을 순하게 배웅하는 절방은 내가 느끼기에 공간의 완전체처럼 여겨졌다. 안에 있어도 밖에 있는 듯 시원했고, 문이라도 살짝 열어보면 온갖 세상이 성큼 내게로 다가왔다. 아무것 하나 아쉬운 것이 없으니 완전했다. 누구라도 그때 그 시간, 나와 함께했다면 그곳에 매혹되지 않을 수 없었을 것이다.

나 역시 일상에서 채우는 것보다는 비우는 것에 집착하는 편이다. 싱크대는 위 칸 하나 정도는 아무것도 없어야 편안하고, 냉장고는 반 이상은 여유 있는 것이 좋다. 옷도 한 벌 사면 두 벌 정도는 버린다는 규칙을 세워놓고 있어 일종의 강박처럼 느껴질 때도 있다. 집이라는 공간에 물건들이 밀고 들어오는 것이 너무나 답답하기 때문이다.

비슷한 이유로 방에 침대 들이기를 거부한 지도 십수 년이 넘었다. 이부자리를 펴고 개는 수고가 성가심에도 불구하고, 그 행위는 분명한 가치가 있다. 우선 잠들 때면 바닥에 허리를 딱 붙이고 잠드는 안정감을 맛볼 수 있을 뿐 아니라 아침이면 잠자리를 치울 수 있어 방은 오롯이 그것만의 넉넉함을 간직할 수 있다. 빽빽하지 않고 텅 비어 있는 여유를 확보하는 것이다.

이러한 나의 선호가 물건을 멀리하는 검박함이나 모든 것을 내려놓는 마음 비우기쯤으로 오인될 수도 있는데, 사실 정반대의 의도이다.

도리어 욕심이 너무 많아서 생겨난 취향인 것이다.

나는 새로운 것을 찾아나서지는 않지만, 나를 향해 다가오는 것은 내치지 않는다. 찾아나서는 적극성이 없으므로 도리어 더 기다리는지도 모른다. 언제나 의외의 만남이 예상된 그것보다 짜릿한 즐거움을 선사하게 마련이니까….

그래서 내게 있어 공간 비우기는 자체로 하나의 욕망이 되고 기다림이 된다. 비우지 않으면 내게 찾아온 그 어떤 반짝이는 것도 반갑게 맞이할 수 없다. 비우지 않으면 무엇이 내게 가장 신선한 것인지 알아차릴 수도 없다. 공기가 드나들고 느낌이 드나들고, 시간이 드나들 수 있도록 공간도 마음처럼 비워야만 날이 서 있을 수 있다.

비워놓고 내내 여유롭게 기다리는 것, 그래서 내게 자유롭게 말을 걸 수 있도록 활짝 열어놓는 일. 내가 욕심낼 수 있는 것이므로 포기하지 않는다. 문득 월정사의 그 방이 그대로인지 알고 싶다.

걷는 취향

왜 맨날 우울한 표정이야?

어쩐지 우울한 게 편해.

왜 땅만 보고 걷지?

머릿속이 잡다한 상념으로 가득 차서…

왜 늘 농담 따먹기야?

진담이 뭔지 모르니까.

…………

그런데 다들 쓸쓸하지 않나?

그리고 모두 자기만의 생각에 갇혀 있잖아.

이 세상에 자신의 진심에

확신있는 사람이 몇이나 있겠어.

오늘도 길을 나선다. 토끼굴을 만났을 때 한 치의 망설임도 없다. 왼쪽으로 가면 강변이고, 오른쪽으로 가면 꽤 큰 공원이지만 나는 직진이다.

내 산책의 습관을 말하자면, 한적하고 평화로운 이른바 자연을 느낄 수 있는 길과는 부득부득 반대로 걷는 것이다.

망설이지 않고 대로변을, 북적이는 인파 속으로 고개도 들지 않고 뛰어들어간다. 마치 깊은 물 속을 향해 헤엄쳐가듯 도심 한가운데로 깊이 더 깊이 파고들어 걸을 때 갑갑했던 마음이 탁하고 풀린다. 어쩐지 숨이 잘 쉬어지는 것 같다.

지나친 생동감과 출처 없는 에너지로 대다수가 불편해하는 그 거리를 나는 몇 시간이고 헤매며 걷는다. 쏘다닌다는 게 적절한 표현이다.

휩쓸려 걷고, 덩달아 걷고, 때로는 어깨를 부딪치며 걸어간다.

걷다보면 그 길은 정처 없는 피난길 같다가 변두리 도시의 엉성한 축제 같기도 하고 그러다가 포스트모더니즘의 발현지처럼 여겨지기도 한다. 다양하고, 복잡하고 때로는 정신이 없지만 늘 발딱발딱 살아 있다.

큰 길에서 시작된 산책은 자연스럽게 작은 골목으로 이어지고, 배가 고프면 식당 탐험이 된다. 식욕이 없을 때 남이 해준 밥은 그래도 맛있다. 기분이 나면 혼자 삼겹살을 시켜 먹기도 한다. 그러다 굳이 살 게 없어도 옷집으로 운동화가게로 서점으로 영화관으로 꼭 곧이어 약속이 있는 사람처럼 뒤처지지 않고 걸어간다.

'낙오되지 말아야지….'

'행진하는 거처럼 걸어야지….'

사람들의 움직임은 매 순간 거대한 흐름의 물결을 만들어내지만 그 어떤 구속도 없이 자유롭다.

천천히 혹은 빠르게 도시의 거리가 흘러간다. 음악이 흩어졌다 모이고, 상점의 불빛이 반짝이다 소멸된다. 내게 눈길을 주는 사람은 없지만 나는 하나도 외롭지 않다. 지치지 않고 더 새로운 에너지로 타박타박 걷는다. 발걸음은 특색있는 리듬이 되어 내 귀에만 울려 퍼진다.

지금 향하고 있는 곳이 어딘지, 생각하고 있는 것이 무엇인지 그리고 그리워하는 사람이 누구인지 아무도 끼어드는 이가 없어 시간은 내 것이 된다.

거리의 웅성거림은 침묵보다 평화롭고, 낯선 이의 무표정한 얼굴은 친구보다 담백한 위로를 준다. 혼자만의 산책은 지칠 때까지 계속된다.

그렇게 시간이 흐르고 고개를 들어 문득 바라보면 저 멀리 집이 보인다. 손에는 맛있는 간식이 쥐어져 있을 때도 있다. 다 소모되었으므로 오늘 밤도 새롭게 꿈꿀 것이다. 그래서 도심을 걷는 일은 가장 좋아하는 것 중 하나이다.

| A4픽션 |

작고 빨간 두 번째 심장을 가진 그녀

몇 년 전 바닷가 도시에 살던 시절의 이야기이다. 나는 소일 삼아 집에서 작은 쿠킹클래스를 운영했다. 일주일에 세 번, 서너 명의 수강생들이 모여 요리를 하고, 그날 배운 음식으로 식사를 했다. 외롭거나 심심한 여자들이 모여들었다. 그녀는 화요일 반의 수강생이었다. 그녀를 제외한 다른 두 명은 그 도시의 토박이였지만 그녀는 나처럼 이사온 지 얼마 되지 않는 외지인이었다. 그녀들은 수업 후에도 한두 시간을 넘긴 채 이야기를 나누었고, 그러다보니 친구 비슷한 사이가 되었다. 8월 둘째 주 화요일, 나는 맥주 안주에 어울릴 만한 문어요리인 뽈뽀를 메뉴 중 하나로 선택했다.

"아앗!"

날카로운 비명과 함께 그녀가 팔을 잡고 펄쩍 뛰어오른 건 문어를 삶는 단계에서였다. 옆의 수강생이 펄펄 끓는 물에 데친 문

어를 꺼내다가 그녀의 팔에 떨어뜨린 것이다. 문어가 셔츠 소매에 쩍 달라붙었다 떨어졌다. 그녀가 소매를 급하게 걷어올리며 찬물에 팔을 담그는 순간 우리는 그녀의 팔꿈치 바깥쪽 피부가 이상하게 변하는 것을 보았다. 오백 원짜리 동전보다 조금 커 보이는 그것은 완전히 다른 조직으로 표면은 세세하게 갈라진 뱀의 피부처럼 보였다. 점점 빨갛게 달아오르면서 투명하게 변해갔는데 놀랍게도 작은 심장처럼 팔딱팔딱 움직이기 시작했다.

"다친 거 아니에요. 원래 이래요."

당황해하는 우리의 시선이 느껴졌는지 그녀는 애써 아무것도 아닌 듯이 말했다.

"놀라면 이렇게 돼요. 팔에 심장을 하나 더 가진 셈이죠."

마지막 말에는 약간의 장난기까지 섞여 있었다.

그날 오후 문제의 문어와 함께 맥주를 나눠 마셨다. 뽈뽀는 다행히 맛있었다.

"술을 마시니 더 빨갛게 변하네요…."

취기가 오르자 수강생 중 하나가 그녀의 그것에 호기심을 갖고 말했다.

그녀가 처음부터 팔에 두 번째 심장을 가졌던 것은 아니었다. 열 살 무렵 심한 열병을 앓은 직후 생겨난 반점은 처음에는 열이 날 때만 빨갛게 변하는 정도였다. 하지만 어느 순간부터 조금씩 커지더니 심장의 변화에 따라 반응하기 시작했다.

놀라거나, 흥분하거나, 슬프거나…. 심장이 뛰면 팔의 그것도 따라 뛰기 시작했다. 그때부터 여름이 되어도 소매가 없는 옷을 입을 수 없었다.

그래서 그녀는 비밀스러운 매력을 가질 수밖에 없었는데 한 남자가 비밀스러운 그녀를 사랑하게 되었다. 남자는 그녀의 빨간 피부조직쯤은 아랑곳하지 않았다. 도리어 감정의 변화에 따라 달라지는 그녀의 그것을 제2의 심장이라고 부르며 좋아했다. 그들이 사랑을 나눌 때면 제2의 심장은 터질 듯이 부풀어오르며 더욱 빨갛게 변하고는 했는데 남자는 그 모습을 보고 더 흥분할 정도였다. 말보다는 그것의 변화가 더 확실했다. 처음에 그들은 제2의 심장 덕분에 서로를 완벽하게 이해할 수 있다고 생각했다. 남자는 팔딱이는 그녀의 심장을 쓰다듬으며 위로를 받았다.

하지만 시간이 지나면서 그녀의 심장들은 지치기 시작했다. 남자는 자신의 감정을 숨길 수 있었지만, 그녀는 그럴 수 없었기 때문이었다. 차츰 남자는 그녀의 빨간 피부조직에 집착하기 시작했다. 그녀는 늘 발가벗은 느낌이었다. 말 따위는 그들의 관계에서 아무런 의미가 없었다.

마침내 그녀는 어느 누구에게보다 그녀의 그것을 그에게 보여주기가 싫어졌다. 그래서 더는 그 앞에서도 소매가 짧은 옷을 입지 않았다. 팔을 가린 채 자신 앞에 앉아 있는 그녀에게 그는 왜 마음을 숨기느냐고 다그쳤다. 헤어질 수밖에 없었다.

우리는 그녀의 이야기를 듣는 내내 그녀의 또 다른 심장이 빨개졌다가 가라앉았다가 다시 팔딱대는 것을 반복적으로 지켜보았다.

그리고 이제 다시 그녀를 볼 수 없으리라는 것을 알았다. 헤어지면서 우리는 서로를 가볍게 안았다.

셔츠를 걸치면서 그녀가 무심코 말했다.

"마음을 숨길 수 없으면 누구와도 가까워질 수 없어요."

잠

잠들지 못했던 밤들이 요즘도 가끔 떠오른다. 밖은 어두웠지만 내 주위를 감쌌던 거짓 빛들의 시간…. 푸르고, 창백하고, 예민하고, 공격적이다.

그때 갑자기 불면이 시작되고, 점점 심해지더니 마침내 단 오 분도 잠들 수 없었을 때 나는 기가 막혀 헛웃음이 나왔다. 그 상태로 일주일이 지나자 이유는 알 수 없지만 우습게도 제일 먼저 턱이 움직여지지 않았다.

잠을 잘 수 없다면, 우리는 얼마 지나지 않아 존재할 수 없을 정도로 파괴된다는 것을 명확하게 알았다. 누워서 잠을 기다리다 등짝이 아프기 시작하면, 혼자 소파에 오도카니 앉아 시간을 보냈다. 눈을 감으면 영화처럼 떠오르는 장면이 있었다. 과거로 돌아갈 수 있다면 내 선택은 무조건 그때일 거 같았다.

아이는 어렸고, 남편과 나는 아직 젊은 날이었다. 우리는 잠을 준비하고 있었다. 들떠서 여행을 떠나는 것처럼 빈틈없이 채비하고, 깊은 잠을 향해 떠나고 있었다. 각자 제일 편한 옷으로 갈아입고, 아이에게도 가장 낙낙하고 까슬까슬한 잠옷을 입혔다. 그리고 잠잘 공간을 만들었다. 방에서 나와 일부러 거실에 초대형 이부자리를 최대한 넓게 폈다. 뭔가 일상적이지 않은 잠자리에 괜히 신난 아이가 뛰고, 나는 가족이 모두 모여 있다는 안도감으로 눕기도 전에 몸이 나른해졌다.

다음날은 아무 특별한 일이 없는 주말이었고, 오랜만에 일어날 시간을 정할 필요도 없었다. 행여 이른 햇살이 잠을 깨울까 커튼을 꽁꽁 여미고, 잠든 채 굴러다닐 만큼의 여유 공간을 확인한 다음 작정하고 우리는 재빨리 잠에 빠져들었다.

얼마나 달콤했던지, 얼마나 평안했던지, 그 시간 잠은 비현실적인 천사처럼 내려와 우리 주위를 보호했다. 조용했고, 어두웠고, 적당히 서늘했다. 휴식의 시간은 완벽했다. 그렇게 실컷 자다가 깨어나면 벌써 아침이었는데, 실눈을 뜨고 아이와 남편을 확인했다. 세상 모르고 아직 자는 모습에 나는 이미 잠에서 깨어났음에도 억지로 다시 잠을 청했다. 절대로 깨트리고 싶지 않은 순간이었다.

그렇게 유순하기만 했던 잠이 내게서 적극적으로 달아났다. 수

면제도 소용이 없었고, 그저 밤이 오는 것이 두려웠다. 하루, 이틀, 사흘 나는 잠들지 못하고 고립되어갔다. 목이 마르듯 잠이 말라 몸의 수분이 사라져갔다.

견뎌내는 수밖에 도리가 없었다. 영원히 불면과 함께 살지 모른다고 체념했다. 그렇게 맥을 놓은 어느 날 환상처럼 날선 내 미간을 끝도 없이 오래도록 쓸어주던 누군가의 손길을 느꼈다. 예전 우리의 깊은 잠을 지켜주던 따뜻한 시선과 같은 느낌이었다. 무엇보다 안전했다. 그리고 안심이 되었다.

그렇게 긴장이 풀리면서 까무룩 잠이 찾아오기 시작했다. 밤은 다시 나를 내치지 않고 부드럽게 안아주었고 치유가 시작된 것이다. 참으로 어이없는 일이었지만 나는 기적처럼 느껴졌다.

이제 언제 그랬냐 싶게 나는 잠을 잘 잔다.

밀도로 꽉 채워진 완벽한 잠을 잔 이후, 눈을 떴을 때 어쩔 수 없이 웃음이 배어나온다. 머리는 완벽하게 지워져 텅 비어 있고, 이제 막 충분한 공간이 확보되어 있으니 뭐라도 좀 해보라고 내게 아우성치는 느낌이다.

숙면 후 달콤하고 멍한 기분은 비어 있으면서도 또 꽉 차 있는 묘한 이중적인 느낌을 준다. 내게서 배어나오는 비릿한 잠의 냄새를 갑작스러운 샤워로 없애버리고 싶지 않다. 가만가만 움직이며 아침을 만끽한다. 하고 싶은 일이 생겨나고, 할 수 있다는 용기가

가상하다. 살아가면서 도저히 이겨낼 수 없을 거 같은 고통도, 그렇게 힘들어했던 내가 우스워질 정도로 예기치 못하게 후루룩 사라져버리고, 또 다른 시간이 밀려오는 것이 사람의 인생인가 하는 생각도 든다. 각성의 커피 방울들이 내 몸속으로 한 방울 두 방울 스며들어온다. 치유의 아침이다.

어느 해안가 마을

나는 사진 찍기를 과히 좋아하지 않는다. 그저 기억하고 싶은 것들은 '내 머릿속에 저장'을 선호한다. 하지만 이제 와보니 많은 사람의 의견은 역시 새겨들을 필요가 있다는 생각이 든다. 기록을 위해서도 추억을 위해서도 사진 몇 장쯤은 꼭 필요한 것이었다.

오늘 갑자기 그 외딴 해안가 마을이 떠올랐다. 오랜 기간은 아니었지만 일 년쯤 아이와 내가 머물렀던 바닷가 마을이 보고 싶은데, 실내에서 찍은 몇 장의 아들 얼굴 이외에 별 사진이 없다. 까마득하게 잊고 있던 그곳이 생각난 이유는 그저 여름 날씨의 변덕스러움 때문이라는 정도쯤으로 해두자.

아들과 나는 그저 평범한 모자 사이라고 하기에는 살짝은 더 애틋한 편이다. 둘이서만 보낸 시간이 유독 많았기 때문이다. 일 때문에 해외로 나간 아이의 아빠이자, 내 남편의 부재는 상당 기간 계속되었고, 그때마다 아이와 나는 단짝친구처럼 둘이서만 지냈다. 서로 의지하고 보살피느라 밀접한 관계를 형성할 수밖에 없었고, 아웅댈 때도 있었지만 대체로 서로를 좋아하는 편이었다. 대신 저녁이 되면 언제나 조금은 쓸쓸했다. 토요일 오후나 일요일 오전도 그랬는데, 집 앞 공원에서 아빠와 뛰어노는 아이들을 아들은 오래도록 지켜보곤 했다. 역시 가족은 함께 있는 것이 가장 자연스럽고 편안한 법인가 보았다.

그래서 함께 있기로 결심했다. 짐을 싸서 열심히 쫓아갔는데, 삼 년 동안 도시를 두 번이나 옮긴 후 중국의 해안가 마을에서 다시 헤어졌다. 남편이 또 다른 곳으로 옮겨갔기 때문이었다. 도리

가 없는 일이었고, 우리는 새로 이사한 지 겨우 두 달여 만에 허무하게 둘만 남겨졌다. 사노라면 흔히 있을 수 있는 일이었지만, 허전한 마음은 어쩔 수가 없었다.

처음 살았던 상해에 이어 두 번째로 이사한 도시는 대련이었다. 지금이야 대련도 엄청나게 변했겠지만, 십수 년 전 그때는 상해에 비해서 모든 면이 열악했다. 우리는 나름 스페인풍의 이국적인 아파트에서 살았는데, 아파트의 이름은 중국어로 '태양의 집'이었다. 단지 내에 제법 정교한 피카소의 〈게르니카〉 모조 벽화가 크게 그려져 있었던 태양의 집은 도심과는 꽤 떨어진 해안가에 위치했다.

셋이서 살 때는 그 해안가가 좋았지만, 아들과 덜렁 둘이 남겨지니 사실 별로였다. 앞에는 바다, 뒤에는 기찻길이 있어, 어떨 땐 파도 소리와 기차의 경적이 함께 들리는데, 묘하게 어우러지며 쓸쓸한 느낌을 풍겼다. 바다에서 밀려오는 해무도 엄청났다.

아들이 학교에 가고 나면 나는 날마다 시장에 갔다. 택시를 탈 수도 있었지만 언제나 해변도로를 달리는 버스를 일부러 탔다. 상해에서 산 민소매 원피스를 입고, 큰 선글라스를 낀 채 버스에 오르면 낯선 느낌이 들었는지 모두 일제히 쳐다보곤 했다. 바다는 푸른 빛이라기보다는 검은 쪽에 가까웠고, 해변의 정취는 별로 느껴지지 않았다. 털썩대는 버스에 앉아 해안가 도로를 달리는 내내 나는 '참, 사람 인생은 알 수 없다. 내가 이런 외딴 해안가 마을에 살게 될 줄은 정말 몰랐는데…' 하고 생각했다. 중심가 백화점 슈퍼에서는 상해에선 그렇게 흔했던 베이컨이나 냉장 우유 등을 구할 수 없었다. 대신 시장에는 납작 복숭아라든가 망고, 체리 같은 신선한 과일들이 지천이었다.

시장 상인들은 나를 '큰 안경의 여자'라고 불렀다. 단골 상점도 생겼다. 아들과 나 둘뿐이라 먹을 사람도 없었지만, 속이 빈 마음에 나는 꽤 많은 양의 과일과 식품류를 사서 집으로 돌아왔다. 그리고 돌아오는 길에 이제 막 문을 연 하나뿐인 스타벅스에 들렀다. 현지인들은 별로 없었고, 나처럼 우연히 그곳에 와 살게 된 외국인들이 드문드문 앉아 있었다. 커피 맛은 스타벅스 그대로였고, 나는 매일 매일 그곳에 가서 커피를 마셨다. 돌아가게 되면 다시 이곳에 오고 싶을까? 하는 생각도 해봤지만, 어쩐지 아닐 것 같았다. 무엇보다 아이가 아프면 데려갈 마땅한 병원이 없어서 안정감이 들지 않았다. 훌륭한 전통의학의 중의들은 많았지만, 안과 같은 곳이 부족했다. 사람이 그리워서 늘 한국 주재원 엄마들과 자주 어울렸고, 함께 곧잘 밥도 먹었다.

어느 곳이건 내가 사는 동네가 최고라는 신념의 소유자인 나는 사는 내내 분명 대련의 해안가 마을을 사랑했을 것이다. 기억과 추억이 반반쯤 혼재된 지금의 내 감상이 그곳의 색채일 수는 없다. 사실 바닷물은 지극히 푸르렀고, 해변은 사람들의 웃음소리로 떠들썩했을 수도 있다. 아들에게 한번 물어볼 일이다. 아들은 나와는 전혀 다른 느낌으로 그곳을 기억하고 있을 수도 있다. 너무 아름답고, 축제같이 즐거운 마을이었다고 말할 수도 있다.

제4장

두꺼운 책의
좋아하는 구절만
야금야금 읽기

페소아, 함께 걸을까요?

눈이 오면 조용해

야! 라고 불러

남편과 고잉그레이

서류가방

카페 슈바빙

개똥과 웨딩드레스

까만 비니의 남자

| A4픽션 | 노년의 방

페소아, 함께 걸을까요?

— 만날 수 없는 그를 향한 복고풍 연애편지

페소아, 내가 십 년 넘게 타지 않았던 비행기를 타게 된다면, 목적지는 리스본이 될 거예요. 나는 그만큼 용기내어, 당신을 느껴보고 싶어요. 어쩌면 도라도레스의 밤거리에서 마술처럼 시공을 초월한 채, 당신을 만나볼 수도 있겠지요. 우디 앨런의 영화와 같이 우리는 서로를 탐색할 기회를 가질 수도 있어요. 그곳에서 나는 무조건 당신을 찾아낼 테니까요. 당신의 영혼은 그 거리를 떠나서는 존재할 수 없음을 알고 있어요. 빗방울이 창문에 내리꽂히던 단칸방이나 습관처럼 드나들던 초라한 식당, 바다보다 넓은 태주강, 이런 몇몇 곳들을 서성인다면 당신을 발견할 수밖에 없어요. 만남은 확인하지 않아도 지켜지는 약속처럼 자연스러울 거예요.

하지만 굳이 리스본이 아니어도 꼭 한번 편지는 쓰고 싶었어요. 당신의 생각과 맞닿아 있는 내가, 지금 여기서 힘을 내어 살아

가고 있는 중이란 걸 알려주고 싶었거든요. 나는 당신이 그렇게 만나고 싶어했던 미래의 친구 중 한 사람입니다. 나는 언제든지 당신의 이야기를 듣고, 당신과 함께 발맞추어 걷기를 소망해요. 물론 지나치게 예민하고 모호한 당신의 글들을 전부 이해할 순 없었어요. 사실 꼭 그렇게 모든 걸 알 필요도 없겠죠. 어쨌든 아주 처음부터 당신의 생각들은 자연스럽고 친밀한 인사를 건넸어요. 당신의 말들이 시간을 흘러 내게로 다가와 내 머리를 쓰다듬고, 내 손을 잡아주고, 내 어깨를 토닥여준 거예요. 그렇게 당신은 나의 영웅이 되었어요. 근사한 단 하나의 존재로 부활한 거죠.

당신의 사진을 가만히 들여다보아요. 상상한 대로 왜소하고 성마른 모습을 하고 있네요. 1888년 태어났다고 하는데, 어린 시절 당신은 아버지의 얼굴과 품성을 빼닮은 아이였을 거예요. 아버지는 여러 직업을 동시에 가졌으며, 당신처럼 호기심이 왕성한 영혼이라고 들었거든요. 하지만 다섯 살도 되기 전에 당신은 하늘 같았던 아버지와 동생을 잃고 말았어요. 텅 빈 듯 보이는 눈동자는 그때부터 불안에 떨리고 있었겠죠. 평생 누구와도 가까워지지 않고, 자신을 가둔 것이 그 크나큰 상실 때문인가요? 어머니와 재혼한 외교관 계부는 분명 세련되고 친절한 사람이었겠지만 아버지를 대신할 순 없었을 거예요. 리스본을 떠나 머나먼 아프리카 더반에서 낯선 언어를 배우고 있을 소년 시절의 당신을 상상해요.

다른 남자의 아내가 된 엄마는 이미 당신의 엄마가 아니었을 테고…. 페소아, 새로운 세상이 자유를 선사했나요? 하지만 당신이 찾고 싶었던 것을 그 불편한 곳에서 발견할 순 없었겠죠. 철들자 가족과 떨어져 홀로 리스본으로 돌아온 이유는 설명이 필요 없어요. 당신은 너무 외로워서 아예 절대적인 외로움을 택한 거예요. 때맞춰 꽃피기 시작한 재능이 손쉽게 고향으로 인도했고요. 비로소 익숙한 거리에서 스스로를 고립시킨 채 한동안은 무명으로 살고 싶었을 당신을 이해해요.

하지만 표현하고 싶은 내면의 욕구는요…. 당신은 말하고, 쓰고, 창작하지 않으면 견딜 수 없는 유전자를 갖고 태어났잖아요. 오르페우를 창간하며 의욕에 넘쳤던 나날이 당신의 인생에선 가장 찬란한 시절이었을까요? 하지만 쉽지는 않았죠. 당신의 재능이 특출할수록 사람들은 그걸 거부했어요. 앞서 태어난 당신은 그 시대의 동료가 아니었던 걸 당신도 알았잖아요. 그리고 당신은 장년이 되어버렸어요. 더는 방황하는 청춘도 아니었고, 인정이 필요한 나이가 된 거죠. 세상이 거부할수록 당신은 자신이 가진 특별함을 한층 선명하게 바라보았을 거 같아요.

그렇게 외로웠으면서 단 하나의 연인이었던 오필리아를 떠나보낸 건 어떤 마음이에요? 끝내 오필리아가 당신을 잊을 수 없다는 것을 분명히 알고 있었을 텐데요.

익숙한 듯 수많은 개체로 자신을 분열시키면서 차라리 홀가분하고 재미있는 나날들을 보냈으리라 짐작하고 있어요. 당신은 그 어디에도 속하지 않지만, 그 무엇이라도 될 수 있는 최고의 방법을 찾아낸 거예요. 백 명에 가까운 창조물들이 함께 노래하고 춤을 추고, 사실상 혼자인 시간은 더는 존재하지 않았을 테죠. 가슴 아픈 인연이었던 어머니가 세상을 떠나고, 단 하나의 저서였던 '메시지'가 겨우 발표되었을 때, 나는 당신이 모든 것을 내려놓았다는 생각이 들었어요.

마침내 오십이 되기도 전, 생을 마감하면서 마지막으로 반짝였을 당신의 눈동자를 생각하고 있어요. 당신은 분명히 미래를 예측할 수 있었죠. 당신과 만나게 될 수많은 추종자를 알고 있었던 셈이에요. 그래요, 이제 세상은 당신을 그리워하고 있어요.

외로움과 용기 있게 맞섰던 사람, 혼자 공부했던 사람, 무수한 다양성을 표현했던 사람 그리고 아직도 가장 모던한 사람…. 당신은 그런 사람이고 그래서 나의 영웅이에요. 우리 모두 당신의 한 부분이 될 수 있죠.

나는 이 순간 당신과 함께 걷고 싶어요.

눈이 오면 조용해

하늘에서 내리는 것들은 아주 특별하다. 눈이건 비건 그것들이 땅으로 떨어지는 순간 세상은 달라진다.

이른 아침 커튼을 젖히자 알 수 있었다. 낮게 내려앉은 하늘이 밤새 뭔가를 잔뜩 머금고 있었다. 습기를 더는 견딜 수 없어 버겁게 느껴졌고, 이제 곧 무언가를 쏟아내야 가벼워질 듯 보였다. 적어도 십 분 안에는 너를 볼 수 있겠구나….

휘휘 하나, 둘 눈발이 허공을 돌다 떨어지기 시작하더니, 곧이어 그 크기가 조금씩 커지고, 주위가 점차 회색빛에서 뿌연 하얀색으로 변하기 시작하더니 이내 엄청 큰 눈송이가 펑펑 쏟아지기 시작했다.

순식간에 눈발에 가려져 아무것도 볼 수가 없다. 그리고 우리를 둘러싼 공간은 따뜻해지고, 어쩐지 비밀스러워진다. 소음이 잦아들면서 조용해진다. 그 어느 때보다 고요한 아침이 된다.

눈은 신기하게도 모든 것을 빨아들인다. 결코 뱉어내는 법 없이 천천히 시간을 들여 이 세상 모든 것을 감춘다. 이제 눈과 함께 고요해진 세상을 보니 나는 갑자기 막막해져, 손을 내려뜨리고 한없이 눈을 바라본다. 눈이 오자 달려나와, 뛰며 뒹구는 아이들의 발자국소리도 웃음소리도 완벽한 무음이다. 들을 수 없다. 깊은

바닷속의 침묵처럼 느껴진다. '물에 갇히면 고요해지듯 눈에 갇혀도 고요해지는구나.'

우리 모두는 눈의 바다에 빠져든다. 육각형의 결정체인 눈은 최고의 흡음재이다. 눈의 입자 한가운데 작은 금속방울들이 박혀 있어 떨어지는 자리마다 다른 음파를 만들어내면 세상은 너무 시끄러울까 잠시 공상해본다.

무성영화같이 동작만 크게 느껴졌던, 눈의 세상에서 즐거웠던 한 장면이 생각난다. 15년 전쯤 2월 마지막 날 일요일, 갑자기 폭설이 쏟아졌다. 그날의 폭설 이후 아직 그렇게 큰 눈이 내렸던 기억은 없다. 겨울도 다 가고 내일이면 삼월이었는데, 갑자기 눈이 펑펑 쏟아졌다. 눈송이도 여느 때와 달랐다. 그야말로 손에 잡으면 커다란 솜뭉치처럼 느껴졌다. 습기도 덜 머금어 잘 녹지도 않았다. 다음날은 아이의 초등학교 입학식이었다. 나는 월요일이면 정식 학생이 된다고 긴장하고 있는 아들을 위해 신경 써서 저녁에 먹을 간식을 샀다. 마트에서 딸기를 1킬로쯤 샀는데, 손에 들고나오니 펑펑 쏟아지는 하얀 눈과 빨간 딸기의 조합이 도드라져 어색했다. 대비되어 눈은 더 하얗게, 딸기는 더 빨갛게 보였다. 거리는 눈으로 매우 복잡했지만, 그래도 어쩐지 조용한 듯 느껴졌다. 점점 눈은 쌓여가고 차는 엉금엉금 기었다.

남편도 열 시를 넘겨 겨우 집으로 돌아왔다. 아이와 딸기를 나눠 먹고, 거의 열두 시가 되어갈 무렵 남편은 자꾸 밖으로 나가자고 재촉했다. 나는 입학식도 있고 해서 감기 걸린다고 주저했지만, 무조건 나가자는 남편의 말에 어느새 아이에게 두꺼운 패딩을 입히고 있었다. 오후 내내 과격한 눈놀이에 지친 이웃의 꼬마들은 이미 집에서 잠에 곯아떨어졌을 시간이었다. 그래서 집 앞 공원은 너무나 조용했는데, 아직도 눈은 그칠 기미가 보이지 않았다.

그곳에서 우리는 영화를 찍었다. 그야말로 뒤로 두 팔을 벌린 채 넘어져도 푹신할 만큼 눈은 쌓여 있었다. 공원은 평소와는 전혀 다른 눈의 동산을 우리에게 선사했다. 이리 뛰고, 저리 넘어지고, 깔깔대고 웃어도 역시 눈 덮인 세상은 고요했다. 손재주 좋은 남편은 아이와 눈사람을 만들기 시작했다. 주위에는 이미 여기저기 꽤 많은 눈사람이 보였지만, 충분히 시간을 들여 더 크게 더 크게 눈을 굴렸고, 아이 키보다 훨씬 큰 눈사람을 완성했다. 그리고 그 눈사람을 집에서 공원을 통해 이어진 학교 가는 길 입구에 세웠다. 꺾은 가지로 얼굴도 완벽하게 만들었고, 누가 봐도 주변 눈사람들에 비해 월등히 완성도 있는 멋진 눈사람이 탄생했다.

늦게까지 그렇게 눈밭에서 뒹굴었지만 아이는 감기에 걸리지 않았고, 씩씩한 아침을 맞이했다. 우리는 미끄러질까 조심조심 공원길을 통해 입학식이 열리는 학교로 향했다. 저만큼 학교로 통하는 길 입구에 우리의 눈사람이 서 있었다. 반가웠다. 그리고 눈사람은 말없이 아이를 응원했다. 눈사람을 지나치면서 아이의 어깨가 으쓱해졌다. 며칠간 녹지도 않고 한참을 갔던 눈사람을 아이는 아침저녁 보러 나갔다. 아직도 잊히지 않는 눈이 우리에게 준 조용한 추억이다.

야! 라고 불러

'누구든지 나랑 친구할 사람은 그냥 야! 라고 불러. 나는 그게 진짜 좋아.'

다른 이들이 보기에 자라지 못하는 사람들이 있는 거 같다. 어른스러워지고 싶어도 의식의 어느 한 편이 강하게 거부하고 있어 그러지 못하는 것이다. 세월이 흐르고, 나이를 먹고, 많은 일을 겪다보면 무덤덤해지는 게 당연하다는데 그게 잘 안 된다.

나도 그 비슷한 무리 중 하나인 것 같다. 늘 자신이 미숙하게 느껴지고, 내가 어른 행세를 해야 하는 자리가 너무 싫다. 극도의 거부감이 생겨 피하고 싶은 것이다. 그래서 선배들과는 곧잘 어울리면서 후배들 모임은 망설이게 된다. 행동이 조심스럽고 내가 뭔가 본보기가 되는 언어를 사용해야 하는 것이 부담스럽다. 그리고 나는 사실 어떻게 행동해야 어른다운 것인지 도통 알지 못한다. 이런 내 생각이 가만히 있어도 들통이 나는지 지금까지 나를 대놓고 어른 취급 하는 곳은 없다.

어떨 땐 나이 어린 후배가 내게 언니 노릇을 한다. 그나마 다행이다.

사실 생각해보면 나는 나이에 대한 인식도 상당히 희박한 편이었다. 사람들이 '우리 나이'라든가 '이 나이가 되어보면'이라든가 하는 일반적인 나이에 대한 관념이 잘 이해가 되지 않는다. 그저 나이는 시간의 흐름이라는 생각밖에는 들지 않기 때문이다. 일곱 살짜리 꼬맹이도 세상의 진리를 깨달을 수 있을 뿐더러 팔십이 넘어 구십에 가까운 어르신도 자주 유치하기 짝이 없다는 것은 우리 모두 아는 사실이다. 사람의 마음에는 그것들이 뒤죽박죽 섞여 있다. 해탈과 어리석음의 믹스 앤 매치가 인간의 나이테인 것이다.

나는 나이를 한참 먹도록 늘 정체성에 혼란을 겪어왔다. 뭔지 모르게 나 자신이 좋긴 한데, 마음에 안 드는 구석이 너무 많다고 해야 하나? 철모르는 자존감과 찌질이 바보 같은 주눅든 마음이 어울리지 않게 함께했다. 그러니 어떻게 모든 일에 담담할 수 있겠는가? 내가 어른스러운 행동을 한다는 것은 사실상 불가능에 가까운 일이었는지 모르겠다.

더 능숙해져야 하는데 그리고 더 평상심이어야 하는데 늘 제대로 되지 않았다. 사람들과 헤어져 집으로 돌아올 때는 후회와 반성의 시간이 거듭되었다. 그렇게 좋고 싶은 티를 내는 것이 아니었다.

그래서인지 나는 무슨 의미로든 나에 대한 어떠한 대접도 싫다.

선배 대접, 언니 대접, 상급자 대접….

어쩌다 누군가 그리 대접하려하면 본능적으로 손사래를 치게 된다. 그냥 나를 그대로 놓아두고 싶을 뿐이다.

가끔 또래집단에서 누군가가 나를 향해 '아무개 엄마는 참 어려. 아직도 그런 게 그렇게 좋아?'라고 말할 때 나는 그게 무슨 말이냐고 진심 되묻고 싶지만, 그만 소심해져 가만히 웃는다.

사람들은 과연 '아 이제 나는 어른이구나' 하고 느끼는 때가 있는 것일까? 그러면 그때부터 모든 일은 다 그저 그런 것이 되어, 나이에 맞는 무게 있는 처신을 할 수 있게 되는 것일까?

나는 나이를 먹어도 여전히 정리되지 못한 마음만 가득할 뿐인데….

내가 느끼기에 나이로 줄을 세우는 것은 가장 우스꽝스러운 일이다. 그런데 나이에 밀려 어쩔 수 없이 내가 연장자가 되어가고 있는 이 상황이 몹시 당황스럽다.

나는 어떻게 해야 할까?

그래서 그저 걸어가는 내 뒤에서 누군가 '야~'라고 불러주면 참 좋을 거 같다.

'왜에?'라고 발랄하게 대답하면 그걸로 충분하니까. 어차피 모두 똑같이 어른 행세를 할 필요는 없다는 것이 내 생각이다.

남편과 고잉그레이

십 년 전쯤 남편과 나는 염색을 하지 않기로 약속했다. 머리 숱이 세고, 숱이 빽빽한 남편은 십 년의 세월이 흐르는 동안 흰머리도 빨리 늘어 지금은 반백을 넘어서고 있다. 반면 머리카락에 힘이 없고 빈모인 나는 아직 희끗희끗한 정도에 머물고 있지만 둘의 약속은 지금껏 지켜지고 있다.

그때 왜 우리가 앞으로 흰머리가 늘겠지만, 염색은 하지 말자고 약속했는지 선명하게 기억나지는 않는다. 토요일 오후였고, 무료하게 소파에 앉아 두런두런 이야기를 나누던 장면만 머릿속에 남아 있다.

아마도 염색약이 건강에 좋지 않다는 TV 프로를 시청하고 있었을 수도 있었겠고, 둘 다 게으른 편이라 한번 염색하면 계속해야 한다는 지인의 말을 귀담아들었을 수도 있었을 것이다. 이 무심한 십 년 전 약속이 우리 커플에게는 앞으로 다가올 노화에 대한 어떤 기준 비슷한 것이 되어버렸다.

머리 염색을 하지 않기로 한 작은 결심이 가치관으로 확대되어 이왕 이렇게 된 거 다가올 몸의 변화를 고대로 받아들이기로 한 것이다. 편하고 순하게 늙어가기로 마음을 모았다.

그런데 최근 들어 왜 지저분하게 흰머리를 내버려두냐고 물어보는 친구들이 늘어났다. 분명 외모나 옷차림에 그리 무심한 편은 아닌 것 같은데 머리 염색을 거부하는 심리가 궁금했을 터였다. 그저 하기 싫어서 안 하고 있다고 간단하게 대답하면 다들 별거 아니네 하는 듯 고개를 끄덕인다. 그러나 대답에 대한 다음 반응은 그리 호의적이지는 않다. 주로 무슨 근거 없는 자신감이냐 하는 어이없음과 염색을 하면 그래도 지금보다는 훨씬 젊어 보일 텐데 하는 안타까움이 대다수를 이루고 있다.

하기야 나는 희끗희끗에 머물러 있을 뿐이지만 반백인 남편의 경우 설핏 보면 까만 머리의 시숙보다 노숙해보일 때도 있다. 시부모님은 그런 남편의 흰머리를 볼 때마다 내내 혀를 차더니 이제는 포기한 듯 별말씀이 없으시다.

이처럼 호응받지 못하는 우리의 고집을 지지해주는 몇몇이 있는데, 그 중 하나가 단골 미용실의 헤어디자이너이다. 젊고 스타일리시한 그는 의외로 우리 둘 모두에게 염색을 권유하지 않는다. 오히려 자연스러운 고잉그레이가 멋지다고 진심으로 칭찬해주고, 나중에 자신도 나이를 더 먹게 되면 우리처럼 염색을 하지 않겠노라고 말하기까지 한다. 그 친구의 격려가 분명 힘이 되기도 하지만 이따금 흔들리는 마음은 어쩔 수 없다. 특히 오랜만의 친구 모임에 참석하게 되는 날에는 나도 깨끗하게 염색해볼까 하는 생각이 어쩔 수 없이 들기 때문이다.

살아보니 미의 기준은 지극히 주관적인 것이다. 아닌 줄 알았는데 살면 살수록 그렇게 느껴진다. 시선과 생각에 따라 얼마든지 간극이 생겨난다. 특히 타인이 좋아해주는 내 모습과 내가 좋아하는 내 모습이 심히 다를 경우에는 갈등이 생겨날 수밖에 없다. 옷차림의 경우만 해도 어느 하루, 내가 엄청 세련되다고 차려입은 치마가 타인의 눈에는 후져보일 수도 있고, 도로 집에 돌아가고 싶을 만큼 마음에 들지 않는 셔츠가 그들의 눈에는 멋져보일 수도 있는 것이니 말이다. 그러니 자신이 좋아하는 자신의 모습을 선택하기로 했다면 일종의 지조랄까 흔들리지 않는 신념 같은 것이 필요한 건지도 모르겠다. 나는 내가 예뻐보이는 나의 모습을 따라가기로 했다.

당분간 염색은 하지 않기로 한다. 곰곰이 생각해보니 이미 아름다움에 관한 소박한 꿈이 있다. 희망하고 있는 늙은 여자의 모습이 있는 것이다.

구부정해지기 시작한 어깨는 될 수 있는 한 꼿꼿하게 세워, 흐트러지지 않는 뒷모습을 갖고 싶다. 세월의 흐름에 따라 우아한 곡선을 이루는 드세지 않은 주름도 탐이 난다. 가장 바라는 한 가지는 마지막까지 반짝일 수 있는 눈빛이다.

그리고 이 모두를 다 갖진 못할지라도 살아온 만큼의 백발은 그것들과 잘 어울리는 요소가 될 것이다. 다행히 같은 아름다움을 추구하는 사람들이 늘고 있다. 고잉그레이로 아름다워지고 싶다.

서류가방

십 분째 홀린 듯 한자리에 멈춰서서 쇼윈도만 뚫어져라 쳐다보고 있었다. 예뻤다. 아무리 봐도 매장 전면에 디스플레이 된 짙은 브라운 색의 서류가방은 너무 깜찍했다. 30여 년 전이었고 이화여대 앞 수제구두 매장이었다. 무심코 길을 가다 그 가방이 눈에 들어왔는데 도저히 그냥 지나칠 수가 없었다. 그래서 안으로 들어가 가격을 물어봤더니, 백수인 내가 살 수 있는 가격이 아니었다. 그때 나는 무늬뿐인 대학원생이었고, 마지못해 학적만 걸어놓고 있었다.

물론 되고 싶은 것이 있기는 했다. 카피라이터가 로망이었는데 문턱이 높아도 너무 높았다. 뽑는 인원도 적었고, 무엇보다 이제 막 뜨기 시작하는 직업이어서 경쟁률도 어마어마했다. 사실 그날 오전, 난 모 광고회사 공개채용 모집에 지원서류를 접수하고 오는 길이었다. 그리고 우연히 그 서류가방을 본 것이다.

가격만 물어보고는 아쉽게 매장을 나서면서, 나는 사장님에게 가방이 내 것이 될 것 같으니 팔지 말고 기다려달라는 실없는 소리를 했다. 그러자 세련미 넘치는 여사장은 가방이 매장에 진열된 하나뿐이라서 곧 팔릴 거 같다며 안쓰러운 미소를 날려주었다. 카피라이터가 되어 꼭 그 서류가방을 들고 출근하고 싶었다. 그렇게만 된다면 부러울 게 없을 것 같았다. 집에 돌아와서도 내내 열병처럼 가방이 아른거려 카피라이터가 먼저인지 가방이 먼저인지 알 수 없는 지경이었다.

열흘쯤 후 기대하지도 않았는데 지원서류가 통과되었다는 연락을 받았다. 얼떨떨한 채 필기시험을 보러간 건 그로부터 다시 일주일이 지나서였다. 시험은 떨어질 것이 분명할 정도로 어려웠다. 그래서 차라리 필기시험의 마지막 과목인 카피 실기에는 배짱이 두둑해졌다. 어차피 떨어질 거라 마음대로 시원하게 카피 문안을 써내려갔다. 시험지를 제일 먼저 제출하고, 시험장을 나서면서도 뒤돌아보지 않았다. 대신 그 길로 이화여대 앞 매장으로 갔다. 가방은 아직 팔리지 않은 채 진열되어 있었다. 지나가는 여자마다 그 가방을 쳐다보는 것 같았다. 그렇게 복잡한 거리에서 맥을 놓고 서 있자니 가방도 카피라이터도 저절로 포기되었다. 첫 지원이었는데 다시 시도해볼 엄두가 나지 않았다. 갖고 싶다고 다 가질 수 없다는 것은 이미 유치원 때부터 알고 있었다. 눈앞에 아른대는 장난감이든 인기 있는 친구의 시선이든 절실한 마음과 하늘의 운때가 같이 들어맞아야만 가능한 일이었다.

그런데 또다시 일주일 후 필기시험에서 통과되었다는 이상한 전화를 받았다. 그때 먼저 떠오른 생각은 가방이었다. 이러다가는 정말 그 가방의 주인이 될지도 모른다는 욕심이 슬그머니 일었다.

며칠 후 면접시험날 나는 최고로 긴장했다. 늦지 않게 도착했는데 이미 꽤 많은 사람이 대기하고 있었고, 다들 너무 똑똑해보여 기가 죽었다. 시험관은 이제 서류나 필기시험 결과와 상관없이 면접점수가 당락을 결정할 거라고 알려주었다. 나는 합격이 되어 그 가방을 들고 회사에 출근하는 나를 상상했다. 상상하려고 일부러 애쓴 것이 아닌데 자꾸 그런 모습이 떠올랐다. 대기번호가 거의 맨 끝이어서, 시간이 지날수록 사람들이 줄어들고 있었다. 이제 서너 사람만 지나면 내 차례였다.

초조하게 서성이는데 누가 뒤에서 내 등을 쳤다. 뒤돌아보니 중학교 때 과외 친구였다. 같은 학교도 아니고 그저 한두 달쯤 함께 공부한 사이여서 몰라볼 뻔도 했을 텐데 반갑게 아는 체를 해왔다. 그룹 공채로 여섯 달 전에 입사해 근무 중이라고 했고 신입사원 티가 팍팍 났다. 나는 너무 반가워서 와락 한걸음 그에게 다가갔다. 그리고 밑져야 본전이라는 심정으로 면접 때 어떤 질문을 받았냐고 물어보았다. 그는 내게 너무 긴장하지 말라면서 육 개월 전 자신이 받았던 면접시험의 질문을 말해주었다. 나는 질문의 답을 생각해보았다. 물론 같은 질문을 받을 리 없겠지만 그래도 나라면 이렇게 대답할 것이라는 예상답안을 생각한 셈이었다.

드디어 내 차례가 되어 면접원들 앞에 섰을 때 오래 기다린 탓인지 오히려 담담했다. 면접원 중 하나는 내가 서류나 필기는 미달에 가까웠지만, 실기 점수가 높아 최종면접까지 왔노라고 이야기해주었다. 나는 어색하게 웃으며 감사하다고 말했다. 곧이어 질문이 던져졌다. 그런데, 이럴 수도 있는 걸까? 듣는 순간 내 귀를 의심했다. 질문은 아까 친구가 일러준 것과 토씨 하나 틀리지 않았다. 나는 기다렸다는 듯 생각했던 답안에 순발력까지 더해, 하나도 떨지 않고 똑 떨어지는 대답을 할 수밖에 없었다. 밝아지는 면접원들의 얼굴이 눈에 들어왔다. 살다보니 이런 거짓말 같은 일도 일어나는구나 하는 마음이었다.

최종 결과는 또다시 열흘을 기다려야 했다. 기대한 대로 합격이었다. 나는 소식을 듣자 곧바로 구두매장으로 달려갔다. 마치 가방이 내게 계속 시그널을 보내는 것 같았다. 하나뿐이라 금방 팔릴 것 같다던 가방은 그때까지도 얌전히 같은 자리에서 나를 기다리고 있었다. 가방과 나는 이미 어떤 인연으로 이어진 것이 틀림없었다.

며칠 후 나는 상상 속의 주인공처럼 그 가방을 들고 첫 출근을 했다. 작은 꿈이 실제가 되는 순간이었다. 그리고 그때, 살다보면 누구나 인생의 단비처럼 짜릿한 행운의 주인공이 될 수도 있다는 것을 깨달았다.

카페 슈바빙

슈바빙은 조그만 카페였다. 와인색, 낡은 천 소파가 네다섯 개 놓여 있을 뿐 영업집 인테리어라고 할 것도 없는 단조로운 공간에 손님이 들어올까 싶었지만 대부분 만석이었다. 실내의 조도는 밝지도 어둡지도 않은 딱 적당한 정도였다. 사실 그 정도의 조도를 유지해내는 섬세함과 낡아빠진 소파의 무심함은 결이 들어맞지 않는 것이었다. 흘러나오는 음악도 과히 나쁘지 않아서 일부러 실내장식 따위는 신경을 쓰지 않나 하는 생각이 들기도 했다.

그곳에서 가장 눈길을 끄는 공간은 대로변을 향해 뚫린 창문 쪽이었다. 실내의 면적에 비해 크게 난 창은 좁은 공간의 답답함을 확 거둬주었다. 창으로는 길이 환히 보여, 오가는 사람들의 움직임을 한눈에 파악할 수 있었다.

약속 시간보다 먼저 도착해 창가에 자리를 잡으면 창을 통해 내가 만나기로 한 사람이 걸어오는 모습을 확인할 수 있었다. 그러한 풍경은 어떤 몰두를 선사했다. 신기하게도 그들의 걸음걸이만으로도 그날의 만남을 예측할 수 있기 때문이었다.

즐겁거나, 설레거나 혹은 어색하거나, 불편하거나….

만나기도 전에 나는 다가올 시간을 알 수 있었다. 발걸음도 뒷모습처럼 무엇을 숨기기 어렵다는 것을 그때 알았다.

어쨌든 이러저러한 이유로 그곳의 단골이 되었다. 슈바빙은 우리 모두를 주인공으로 만들어주는 그런 공간이었다. 나는 거의 매일 집을 나와 습관처럼 그곳으로 갔다. 슈바빙 주인은 백지 같은 여자였다. 도무지 아무것도 쓰여 있지 않아 가늠할 수 없었다. 어려보이기도 하고, 늙어보이기도 했다. 유부녀인 듯 보이다가 키스 한번 못해본 모태솔로처럼 느껴지기도 했다. 립글로스 하나 바르지 않은 바싹 마른 얼굴은 일 년 365일 민낯이었다. 그녀는 허리 높이의 낮은 카운터 안쪽 의자에 붙어버린 듯 앉아 있었는데, 일상화의 한 점 같았다. 그렇게 매일 드나들어도 알은체하는 적이 없었고, 몇 년간 아무와도 말을 트지 않았다. 그토록 변화가 없는 사람을 본 적이 없었으니 그것이 그녀의 가장 큰 특징인 듯 보였다.

나를 비롯한 우리 모두는 그곳에서 성장했다.

서로에게 고백을 하고, 채이고, 또다시 서툰 고백을 하고, 만나고, 헤어지고, 울고, 취하고…. 슈바빙과 성장의 시간을 송두리째 공유했다.

그리고 늘 그녀가 함께했다. 우리는 그곳에서 매일매일 달라지고 있었지만, 그녀는 그대로였다. 가끔 민망한 순간이 연출되면 설핏 그녀의 눈치를 살피기도 했지만, 곧 뻔뻔할 만큼 그녀를 없는 사람 취급했다. 그렇게 시간이 흐르자, 모두 졸업하거나 취직을 하고 군대에 가기도 하면서 슈바빙과 멀어졌다.

나도 사회인이 되었다. 그러던 어느 날 약속도 없이 슈바빙에 갔다. 별다른 이유는 없었고 회귀 같은 것이었다. 여전히 같은 자리 낮은 카운터 앞에 그녀가 앉아 있었다. 어른스러운 옷차림을 한 나를 보고 그녀가 가볍게 목례를 했다. 알아본 것이다. 그날 저녁 처음으로 술잔을 앞에 두고 그녀와 말을 했다. 시간이 꽤 흘렀음에도 그녀는 그때의 모든 것을 기억하고 있었다. 내가 잊었던 부분까지도 상세하게 떠올리는 그녀의 기억력이 놀라웠다. 어떻게 그렇게 태연한 모습으로 우리 모두를 관찰하고 있었는지…. 내가 뜬금없이 그녀를 향해 고마웠고, 창피했다고 말하니 그녀는 "재미있었어요…"라고 짧게 대꾸했다.

그런데 그다음부터는 슈바빙에 가기 싫었다. 학교 앞에서 약속이 생길 때면 오히려 그곳을 피해서 약속을 잡았다. 서로 말을 튼 그녀가 도리어 편하게 느껴지지 않았다. 그녀는 그저 입을 굳게 다문 채 관찰자였을 때가 편안했다.

또다시 시간이 흘러 학교 근처에 들렀을 땐 슈바빙은 사라지고 없었다. 대신 그 자리에는 우리나라 최초의 커피전문점인 시애틀 에스프레소가 들어서 있었다.

삐삐가 사라지고 비디오테이프가 사라지듯 그녀와 슈바빙도 우리의 시절과 함께 지나가버렸다. 가끔 팔십 노인이 되어 있을 그녀를 상상해본다. 여전히 혼자일 테고 말이 없을 거 같다.

살아보니 알겠다. 관찰자의 모습은 상당히 어려운 것이었다. 차라리 작은 참견이나 알은체가 훨씬 쉽고 편리하다. 어쩌면 그녀에게는 은밀한 일기장이 있었을지도 모른다. 그리고 저녁이면 이렇게 적었을 것이다. '빛나는 날을 보내고 있는 그들이 부럽다'라고….

개똥과 웨딩드레스

늘 뭔가를 잘 잃어버린다. 그리고 실수투성이다. 나는 생긴 건 찬찬하고, 침착해보인다고들 하는데, 성격은 의외로 급하고 딴생각에 빠져 있어 주변 간수를 어려워한다. 대학 때 한번은 지갑을 일주일에 세 번 연달아 잃어버린 적도 있었다. 일상에서도 쏟고, 흘리고, 넘어지는 일이 다반사였다. 젊을 때는 아무 일이 일어나지 않는 날이 드물 정도로 산만했다.

그런 내가 신부 샤프롱을 세 번이나 했다. 요즘은 웨딩업체 직원이 하는 것이 일반적인 것 같은데, 예전에는 친한 신부 친구들이 맡아서 해주었다. 적령기가 되자 앞다투어 친구들이 결혼을 많이 했지만, 누군가 내게 샤프롱을 부탁하리라고는 생각지 못했다. 그런데 비슷한 시기에 그것도 신부 셋이 샤프롱을 해달라고 청을 해왔다. 나는 깜짝 놀라서 그 자리에서 모두 거절했다. 하루 종일 신부 뒤를 따라다니며, 질질 끌리는 웨딩드레스를 깔끔하게 잡아 주는 것은 물론 신부의 중요한 소지품을 챙기고, 부케를 맡아야 했으며, 그 외에 신부에 관한 모든 것을 도맡아 챙겨주는 그 막중한 일을 내가 해내는 것은 불가능하다고 생각했기 때문이었다. 혹시나 모를 나의 실수로 남의 결혼식에 피해를 주는 일 따위는 절대로 경험하고 싶지 않은 장면이었다. 내게 샤프롱을 부탁한 세 명은 고등학교 친구와 친척 언니, 회사 동료이었는데 하나같이 도와줄 사람이 없다며 협박했다. 스물아홉 봄이었고, 결혼식은 촘촘히 붙어 있었다.

더 이상의 거절은 배반으로 치부될 지경에 이르러 나는 세 건의 샤프롱을 받아들였다. 그리고 이왕 이렇게 된 거 정신 똑바로 차리자고 결심했다. 완전히 긴장한 채, 첫 번째 고등학교 친구의 결혼이 무사히 지나갔다. 결혼식 후엔 녹초가 되었지만 큰 실수는 없었고, 연이은 두 번째 친척 언니의 결혼식까지 이상무였다. 신경을 바짝 쓰고 있었더니 나름 침착해졌고, 생각지도 못했던 순발력까지 발휘되어 아예 전문 샤프롱으로 나서도 손색이 없을 정도였다. 까짓 별거 아니었다. 나도 사실은 주변을 잘 챙기고, 찬찬하기 그지없는 침착한 여자였다. 자신감이 생겨났다.

마지막 회사 동료의 결혼식은 이른 아침 도산공원에서의 웨딩 촬영으로 시작되었다. 나는 여유로운 마음으로 현장에 도착했다.

날씨는 좋았고, 공원은 아름다워서 야외 촬영 조건으로는 최고였다. 함께 골랐던 친구의 웨딩드레스는 장식이 거의 없는 심플한 디자인이었는데 햇빛을 받으니 그 자체로 하얗게 반짝였다. 그리고 나는 앞선 두 번의 경험으로 신부에겐 최고의 조력자로 성장해 있었다. 목이 마를까봐 빨대를 꽂아 미리 준비해간 음료를 친구에게 건네니 역시 자신의 선택이 옳았다며 만족해했다. 촬영은 순조롭게 진행되었고, 어느새 마지막 순서로 샤프롱인 나와 친구의 투 샷만이 남아 있었다. 포토그래퍼는 큰 나무 밑에 둘이 다정하게 앉아달라고 포즈를 부탁했다. 나는 일단 웨딩드레스가 구겨지지 않도록 조심스럽게 잔디밭에 활짝 펼친 다음 엉거주춤 친구의 곁으로 다가갔다. 그런데 구도가 이쁘지 않다며 조금만 더 가까이 다가서라는 사인을 받았다. 내가 더 다가가면 웨딩드레스가 구겨질까봐 걱정된 나는 아예 신발을 벗고, 살짝 친구의 웨딩드레스 위로 올라앉았다. 아주 잠깐이었고, 찰칵 셔터 소리를 들었다. 그리고 재빨리 웨딩드레스에서 비켜났는데, 잔디밭에서 일어선 친구의 웨딩드레스 자락이 뭔가 이상했다.

순간 나는 나의 눈을 의심했다. '세상에….' 그 깨끗하던 순백의 드레스 자락에 뭔가 선명한 자국이 남았는데, 정체는 개똥이었다. 개똥이 놓여 있던 그곳에 하필 내가 올라앉아 뭉개버린 것이다. 신부도 곁에 있던 신랑도 촬영팀 모두가 경악하며 나를 바라보았다. 신부의 웨딩드레스에 개똥을 묻히다니….

그 다음부터 거의 제정신이 아니었다. 결혼식 시간은 다가오고, 저 상태로 신부 입장을 할 수는 없었다. 미친년처럼 공원 앞 편의점으로 뛰어가 주방세제와 수세미를 사왔다. 아무리 많은 실수를 해봤어도 이런 실수는 상상조차 해보지 못한 일이었다. 세제를 묻힌 수세미로 웨딩드레스에 묻은 개똥을 닦아내는 내내 손이 벌벌 떨리고 어찌할 바를 몰랐다. 대충 지워지긴 했는데 자국은 남았다. 예식장으로 이동한 후에도 마지막 순간까지 나는 수세미와 휴대용 다리미를 든 채 안간힘을 썼다. 이건 미안하다고 말하고 넘어갈 사안이 아니어서 사과의 말도 제대로 나오지 않았다. 표시가 나긴 했지만, 친구는 어쨌거나 개똥 자국과 함께 신부 입장을 했다. 나는 어디론가 사라지고 싶었지만, 끝까지 샤프롱 노릇을 할 수밖에 없었고, 그런 내게 친구는 화를 참고 편하게 대해주었다.

역시 샤프롱은 내 몫이 아니었다. 끝까지 거절했어야 했는데, 두고두고 후회로 남을 어이없는 결혼식을 만들어버렸다. 그날 함께 찍었던 사진은 쳐다보고 싶지도 않았다. 지금도 결혼식에서 신부의 웨딩드레스 자락을 보면 그때 일이 생각난다. 살다보면 누구나 이런 실수 한두 개쯤은 가질 수 있다고 애써 위안해보지만 위로가 되지는 않는다. 이처럼 절대 만나서는 안 될 개똥과 웨딩드레스의 조우는 내가 저지른 어이없는 인생 실수 탑 텐 중의 하나이다.

까만 비니의 남자

나는 매일 시장을 가는 편이다. 대형 마트에서 일주일 치나 혹은 열흘 치를 미리 장봐놓고 조금씩 소비하는 습관과는 거리가 멀다. 파 한 단이 떨어져도 바로바로 사다먹기를 좋아하는 내게 집 주변의 상가들은 매우 중요한 의미를 띤다.

게다가 의외의 오지랖도 있는 편이어서, 만약 마음에 드는 떡집이나 생선가게 등이 집 앞에 입점하면, 그 가게가 장사가 잘되어 오래도록 머물러주었으면 하는 마음이 간절하다. 그래서 늘 주인에게 '물건이 너무 좋다', '맛있게 먹게 해주어 감사하다', '아무쪼록 오래도록 계셔달라'는 말을 입에 달고 산다. 치킨 한 박스라도 똑 떨어지게 먹은 날은 바로 치킨가게로 전화를 해 감사 인사를 남기는 올곧은 의지의 소유자다. 어찌 되었건 나름 주변의 지역상권에 꽤 많은 공을 들이는 셈이다.

그래서 무조건 집 근처에 가게가 많은 동네가 좋다. 운전할 필요 없이, 그저 간단하게 입은 채 뽀르르 뛰어나가 뭐든지 살 수 있는 것이 제일로 치는 주거 조건이다.

지금은 이사 왔지만, 십 년 전 살던 동네도 무척 편리했다. 집을 나서면 바로 약국이며 베이커리, 과일가게, 떡집, 친환경 슈퍼, 커피숍들이 빼곡하게 들어차 있었다. 그때 매일 시장바구니를 들고 나와 한 바퀴 돌면 거의 한 시간쯤 소요되었다. 좋아하는 가게들을 순례하는 것이다. 아무리 작은 가게라도 주인의 성품에 따라 물건은 달라지게 마련이다. 성격이 까칠해도 운영하는 가게에 집중하는 주인들은 매력적이다. 손님에게만 친절하고, 막상 판매하는 물건에는 공을 들이지 않는 대중적인 가게에는 눈길이 가지 않는다.

정기적으로 방문하는 모든 가게가 마음에 들었지만, 그 당시 유독 좋았던 곳은 생선가게였다. 늘 신선한 생물들이 각 맞춰 진열되어 있었는데, 운영하는 사람은 30대 후반쯤 돼보이는 젊은 남자였다. 남자는 계절이나 날씨와 상관없이 까만 비니를 눌러 쓰고 있었다. 은색의 다소 날카로워 보이는 안경테가 생선가게에서는 좀 생뚱맞아 보였다. 언제나 별말이 없고 무뚝뚝해 보여도, 물건으로 자신의 자존심을 증명하는 듯 늘 진열대가 반짝반짝 빛이 났다.

나는 사실 가게 사장님들에게는 별 인기 없는 손님인 것이, 많이 사지는 않는 주제에 늘 주문은 까다롭기 때문이다. 어차피 식구가 적은 편이라 많이 사고 싶어도 살 수가 없었다. 그런데 그 생선가게 사장님은 단골들의 성향을 빨리 파악하는 편이었다. '고등어 주세요' 하면 '구울 거죠?'라고 대답하고 금방 십 자로 토막을 내어 기가 막히게 삼삼한 소금간을 해주곤 했다. 적게 사서 미안하다고 하면 씩 웃고 말았지만, 가끔 비싼 생선을 싸게 떼왔다고 인심 좋게 할인해주기도 했다. 오늘은 이건 사지 말아라, 그건 내일 사는 것이 좋다라고 진심 어린 조언도 아끼지 않았다. 덕분에 질 좋은 생선을 맛있게 먹을 수 있었다. 금방 동네의 인기 가게로 소문이 난 것은 당연한 일이었다.

생선가게 말고 내가 그 남자와 자주 부딪치는 곳이 있었는데, 바로 동네 은행 현금인출기 앞이었다. 남자는 매일매일 그날의 매상을 늦은 오후 비슷한 시간대에 인출기를 통해 입금하는 것 같았다. 늘 다소 뿌듯한 표정이었고 마주치면 가볍게 목례를 했다.

늦가을이었다. 시내에 모임이 있어 정말 오랜만에 힐을 신었다. 십 년 전 나는 아주 한겨울이 아니면 양말 따위는 신지 않는 팔팔한 청춘이었다. 그런데 갑자기 날이 어두워졌고, 피곤했고, 감기 기운이 있었다. 집으로 들어가는 길에 관자를 넣은 따끈한 미역국이 생각났다. 그래서 조개를 사러 생선가게에 들렀는데, 주문하려니 잔기침이 나왔다. 남자는 그날도 비니를 쓰고 있었고, 예의 무뚝뚝한 매너로 관자를 담아주었다. 그러고는 돌아서는 내게 예상치도 못했던 말을 불쑥 던졌다.

"이 추운 날에 맨발로 구두를 신고 다녀요? 다음부터는 양말 꼭 신고, 아프지 맙시다."

'어머나…. 이 남자가 손님에게 이런 말도 할 줄 아나?' 하는 심쿵한 마음에 제대로 대답도 못하고 가게를 나왔다. 그가 다시 보였고, 약간 부끄러워졌다.

저녁으로 미역국을 먹으면서 계속 그가 한 말이 생각났다. 생선가게에서 듣기에는 지나치게 로맨틱하였다.

생선가게 사장이지만 그는 생선 냄새는 아주 질색하는 남자이다. 퇴근 후 몸에 밴 비린내에 치를 떨고, 매일 두 번의 샤워를 하고 잠든다. 아내는 매우 미인이다. 의외의 고급스러운 취미 하나쯤은 가지고 있는 것이 어울린다. 클래식을 들으려나…. 가게가 쉬는 날이면 비니는 벗어던지지만 아주 날렵하게 옷을 입고, 고급스러운 향수를 몇 방울 뿌린다. 태어난 고향은 바닷가이고 전직은 중소기업 기획실이다. 바른말하는 성격에 상사와 부딪치고 회사를 때려치운다. 그리고 알던 후배의 소개로 생선가게를 시작했는데, 의외로 적성에 맞아 신나게 일하는 중이다.

상상의 나래를 펴며, 그를 추측하는 내가 주책스러워 참 속도 없다 하고 말았다. 그런데 어째 그 다음부터는 생선가게 갈 때 이상하게 어색했다. 그리고 뭔가 조금 부담스러워져서 더 아무 말이나 할 수 없게 되었고, 가기 전에 꼭 먼저 내 신발을 살펴보는 의식적인 행동이 생겼다.

그러다보니 육 개월쯤 지났는데, 어느 날 은행 인출기 앞에서 남자와 딱 마주쳤다. 평소와 다름없이 가볍게 목례를 하고 돌아서는 내게 남자가 말을 걸었다.

"저 이제 가게를 옮겨요. 여기서 잘된 덕에 좀 더 확장해서 갑니다. 그동안 반가웠고, 옷은 좀 실하게 입고 다녀요."

남자는 망설이지도 주저하지도 않고 말했다. 그 말을 들으니 엄청 쑥스러웠는데, 기분은 나쁘지 않았다. 그래서 나도 뭔가 덕담을 하고 돌아섰다. 나오면서 생각하니 꽤 섭섭한 마음이 들었다.

이제 물 좋은 생선가게는 물 건너갔다. 그리고 날이 추우면 지금부터는 양말을 신는 것이 좋을까?

그로부터 정확히 일주일 후 까만 비니의 생선가게 사장님은 우리 동네에서 사라졌다. 아직도 비니를 보면 생선가게가 생선가게를 보면 비니가 생각난다.

| A4픽션 |

노년의 방

작은 거리, 이른 아침, 겨울, 아직 정확히 어떤 날씨일지 알 수 없는 어둡고 뿌연 시야 그리고 거리의 중간쯤 위치한 역시 자그마한 건물 2층 창에 불이 켜진다. 이쪽 시작에서 저쪽 끝까지 거리의 건물 중 불 켜진 창은 찾아볼 수 없다. 이제 금방 찰칵하고 밝아진 하나의 공간, 그 안은 정확하진 않지만, 어렴풋한 시야를 제공한다.

천천히 움직이는 누군가의 모습, 실루엣이 창가로 다가왔다 멀어지고, 멀어졌다 다시 다가온다. 등이 굽은 자세, 뭉개진 그림자, 몇 번의 느린 움직임 끝에 그 누군가는 창가에 고정된다. 동작이 멈추자 확인되는 크기는 자그마하다. 창가에 자리잡는다. 그 후로 오래도록 움직이지 않는다. 미세하게 새어나오는 음악 소리, 기다림의 시간이 이어진다. 거리의 아침이 밝아올 때까지….

그 거리를 말하자면 길이는 짧지만 아주 짧지는 않고, 한적하지만 너무 한적하지 않은 적당한 분주함으로 설명된다. 드물지 않게 자동차가 오가고, 마을버스도 드나드는 대로변의 이면도로쯤인데, 느낌은 나름의 단정함과 온기가 배어 있다. 평범한 듯 보이지만 비슷한 거리를 찾으려면 아마 넓은 서울 시내에서도 후보지는 분명히 다섯 손가락 이내일 것이다. 거리를 빙 둘러싸고 학교, 은행, 슈퍼, 빵집, 식당, 오피스 건물, 카페들이 제 역할에 걸맞게 들어서 있다. 행인 중 이방인은 거의 찾아볼 수 없고, 늘 거리에는 그곳이 익숙한 사람들만 오고 간다. 일상의 사람들이 보통의 속도로 거리를 채우고 있다.

그리고 첫 번째 불빛인 그녀의 방은 회색빛 외벽을 가진 3층 건물의 2층이다. 1층에는 우동가게, 편의점, 단골만 찾는 꽃집이 영업 중이고 2층의 반은 한의원이 들어서 있다. 원래 운영 중이었던 미술학원이 없어진 후 몇 달간 공실이었던 2층의 반쪽 공간에 그녀가 들어왔다. 석 달쯤 전의 일이고, 한 블록 떨어진 아파트에서 이곳으로 옮겨온 것이다.

이제 팔십 중반으로 보이는 노년기의 여자, 그녀가 이곳의 주인이다. 주거공간이 아니어서 한 달 넘어 꼼꼼한 공사 기간을 거친 후 이주했는데, 아무도 이곳이나 그녀에게 관심 두지 않는다. 다

만 미술학원의 간판이 사라졌을 뿐이고, 눈썰미 있는 사람 몇몇이 이곳의 창이 유난히 깨끗해졌다는 정도만 느낄 뿐 변화는 숨어 있다. 그리고 이른 아침 이곳의 창이 가장 먼저 환해지다가 가장 늦게 어두워진다. 무슨 이유인지 그녀는 이상한 곳에 노년의 거처를 마련한 셈이다. 탁 트인 전원도 훌륭한 휴양 시설도 아닌, 단지 하루 종일 거리를 지켜볼 수 있는 창가의 풍경을 그녀는 과감히 선택했다. 슬그머니 거리로 스며들어온 것이다. 허술했던 예전과 달리 공들여 고친 실내는 의외로 아늑하다. 짙은 빛깔의 마룻바닥, 칸막이로 간략하게 구분된 작은 침실, 한 줄 싱크가 들어서 있는 간이주방, 오랜 세월 길들여진 3인용 소파, 키 낮은 책꽂이, 이처럼 별다를 것 없는 간소한 거실의 끝자락에 딱 보아도 무거워 보이는 긴 책상이 놓여 있다. 바로 창가 아래이다. 책상 앞에는 허리가 고정되는 딱딱한 의자 하나, 그녀의 자리가 보인다. 책상은 얼핏 보아도 공간의 주인공인 셈인데, 필요해 보이는 모든 것이 그 위에 자리하고 있다.

가벼운 돋보기와 수시로 끼고 벗는 목장갑, 마스크, 니트 모자, 보수적인 신문, 약봉지, 최신인 듯 보이는 노트북, 늘 사용하는 푸른색의 컵까지 익숙하게 자리잡은 물건들은 그녀의 사용을 기다린다.

그 의자에 앉아 밥을 먹고, 신문을 보고, 차를 마시고, 전화를 하는 그녀는 나머지 시간 거리를 구경한다. 그녀는 그렇게 거리를 바라보지만, 거리는 그녀를 바라보지 않는다. 찾아오는 손님은 이제껏 두어 명, 걸려오는 전화는 하루에 한두 차례, 전형적인 노년의 시간이다. 고적하게 느리게 흘러간다. 그리고 점심나절 한 차례의 외출은 그녀에게 가장 중요한 일상이다. 지팡이를 짚고, 천천히 계단을 내려와 거리의 시작에서 끝까지 느린 걸음으로 사람들 무리에 섞인다. 빠르게 걷는 사람들에게 폐가 되지 않게 한쪽으로 비켜서서….

정해놓은 몇 군데 식당 중, 한 곳에서 가벼운 식사를 하고 다시 방으로 돌아가기까지 거리의 모든 사람과 마음속으로 인사한다. 이미 그녀는 거의 모든 사람을 알고 있다. 늘 근심 어린 표정이 걱정되는 길 건너 병원의 간호사와 씩씩한 편의점 주인, 거리 끝 약국의 예민한 약사, 하루 종일 심심한 대형 건물의 경비 아저씨까지 그들 모두는 그녀를 모르지만, 그녀는 그들과 소통한다. 오늘도 안녕한지 궁금해하고 내일은 더 나은 하루가 되기를 기원한다.

좋아하는 음식을 돌아가며 먹지만 기운이 없을 때, 그녀의 선택은 부드러운 함박스테이크다. 거리 초입의 인기 식당인 그곳을 찾을 때는 항상 젊은이들의 식사가 끝나고 난 뒤의 한가한 시간이다. 한 입 두 입 천천히 맛있게 고기를 넘긴다. 고소하고 부드러운 고기는 오늘의 소중한 영양분이다. 그리고 식당 앞으로 자전거를 타거나 혹은 걸어서 우르르 몰려다니는 소년들을 볼 때 그녀의 눈에도 파릇한 생기가 돋아난다. 에너지를 거리에 뿌려대는 소년들, 그 씩씩함과 두려움 없음을 사랑스러운 시선으로 오래도록 바라본다.

그렇게 단조롭고 짧은 외출이 끝나면, 그녀는 다시 소중한 창이 있는 자신의 방으로 돌아간다. 하루가 다르게 작아지고, 느려지는 그녀에게 거리를 향한 창은 하나 남은 출구이다. 그녀는 이제 자신의 인생이 더는 흐르지 않음을 알고 있다. 그녀의 시간은 언젠가부터 멈추어 섰다. 그래서 그녀는 흐르는 거리를 구경한다. 마지막이 될 때까지 창을 통해 나아가고 싶기 때문이다.

제5장

커피의 매력적인 농도 맞춰가기

이별은 반드시 연습이 필요하다

이벤트 파파

| A4픽션 | 초록색 태양

아기 무덤

길치의 비애

엄마의 반지

눈 내리는 날, 눈을 감으면

맡겨진 날들

마이 식스티

이별은 반드시 연습이 필요하다

마음을 준 것과 헤어지는 일에는 반드시 예행 연습이 필요하다. 나의 경우에는 그렇다. 이별은 나이를 먹어도 익숙해지거나 노련하게 처리할 수 있는 사건은 될 수 없는 모양이다. 예외 없이 늘 처음처럼 쓰리고 아리다. 만약 이별이 감지되거나, 어쩔 수 없이 앞두고 있다면 이별이 실제의 시간으로 닥쳐오기 전 연습을 시작해야 한다.

먼저 눈을 감고, 이별하는 순간을 단계적으로 떠올리는 것으로 연습을 시작한다. 주의할 점은 가능한 한 예측할 수 있는 모든 상황을 계산에 두는 것이다. 예외적인 순간이나 불가피한 상황이 발생할 수도 있으므로 경우의 수는 많으면 많을수록 좋다. 이별의 순간 내가 듣게 될 가슴 아픈 말과 멀어지는 뒷모습, 서로의 상처를 숨기기 위한 어색한 침묵 등 예상되는 모든 장면을 오래도록 곱씹듯 차례차례 상상해낸다. 머릿속 가상의 체험 프로세스를 쉴 새 없이 돌리는 것이다.

물론 상상의 순간에도 이별은 슬프지만, 회피하거나 도망가지 않고 용기내어 마주 선다. 그렇게 시간이 지나 장면들이 내가 겪은 일처럼 익숙해지는 순간, 이별을 위한 기본적인 연습은 끝이 난 셈이다. 이제 이별을 감당할 수 있다.

살아오는 동안 내게도 적지 않은 이별이 찾아왔다. 친구가 떠나고, 동료가 떠나고, 마음을 나눴던 사람이 떠나고, 아빠가 떠나고, 매일 만나던 이웃이 떠났다.

죽음처럼 완벽한 결말로 이어지는 이별이 있었는가 하면 내일을 기약할 수 있는 짧고도 달콤한 이별이 있었고, 억울하고 비통한 이별이 있었는가 하면 그만하면 충분하다고 스스로 인정할 수 있는 납득 가능한 이별도 있었다.

영원한 관계는 애초에 있을 수 없는 일이므로 어떤 만남에서건 이별은 결국 예정된 결말이다.

나는 유독 상처가 힘겨운 성향이어서 이별의 충격을 조절하는 연습에 성실했고, 연습은 언제나 명약처럼 유용했다. 그렇게 이별과 맞서 번번이 승리할 수 있었다. 이별의 잔재는 늘 추억으로 빠르게 변경되었고 곧 일상으로의 복귀가 가능했다.

하지만 도저히 예측할 수 없는 감정으로 이별이 몰려온다면….

그리고 그 이별이 연습으로는 감당할 수 없는 다른 방향으로 흘러간다면….

상상조차 싫은 일이지만 우리의 인생은 예기치 못한 일들로 무너지게 마련이다. 뼈저린 실패의 경험은 예상 밖에 아들과의 평범한 이별에서였다. 뭐 별스러운 작별도 아니었고 그저 공부를 위해 사춘기의 아이를 잠시 품에서 떼놓는 일이었는데, 상실감은 깊고도 깊었다. 나는 충실히 이별에 대비해 연습했고 경우의 모든 수를 예측했다. 하지만 이 감정은 연습으로 해결되지 않는 낯선 감정이었다. 아이를 낳아 키우면서, 끌어안고 질척거렸던 긴 시간은 별스럽고 본능적인 감정을 내게 심어놓았다. 나는 무너졌고, 실패했고, 이별은 유예되었다.

실패한 나는 깊은 내상을 입은 후 갑자기 깨달았다. 그것은 어차피 성공할 수 없는 이별이었다. 나는 아이와 건강하게 분리되지 못한 채 어리석게 살아왔다. 타인으로 분리되어야 할 아이는 그러지 못한 채 좁아터진 내 안에서 힘겹게 견디고 있었던 것이다. 올바른 이별은 올바른 관계에서만 성립되는 법이었다.

몇 달 전 아들이 씩씩하게 군대에 갔다. 나는 멋지게 짧은 이별에 성공했고, 이제 아이와 다소 긴 이별도 거뜬히 이겨낼 수 있을 거 같다. 분리를 거친 올바른 관계가 시작된 것이다.

교훈으로는 알았으나 습득되지 않았던 것.

살아 있는 동안 우리가 영원히 지킬 수 있는 건 아무것도 없다는 걸 다시 깨닫는다. 어느 것은 짧게 어느 것은 길게, 어느 것은 갑자기, 어느 것은 천천히 끊어지게 되어 있는 것이 우리의 인연이다. 이별은 되돌릴 수도 회피할 수도 없는 운명 같은 것이다. 그리고 이별은 때로 새로운 만남을 선사하기도 한다. 역시 미숙한 내게 이별은 반드시 연습이 필요하다.

이벤트 파파

아빠를 생각하면 슬그머니 미소를 짓게 된다. 지금으로 치면 훌륭한 이벤트 기획자였을 법한 그는 재미있는 사람이었다. 그래서인지 성장하면서 아빠는 우리 남매에게 꽤나 신선한 몇몇 추억을 선사했는데, 모두 흥미롭고 설레는 축제의 느낌을 띠고 있다. 전혀 상관없는 직업으로 살았음에도 그는 분명 남다른 끼의 소유자였다. 아직도 무료한 오후면 아빠와의 추억이 떠오를 때가 있는데, 오랜 세월이 흘렀음에도 어제 일처럼 선명하다. 그 중 가장 기억에 남는 일은 어린 날의 어떤 여행이다.

동생과 내가 초등학생이었을 때, 여름방학이면 우리도 바캉스 비슷한 것을 떠나곤 했다. 아빠의 기획력이 남달랐던 것은 우선 목적지를 정하지 않는다는 데 있었다. 대충의 동선만을 생각한 후 그는 올망졸망 가족을 이끌고 호기롭게 자유여행을 떠나곤 했다.

그저 '해안선을 따라가거나 시골 마을을 발 닿는 대로 가다가, 머물고 싶은 곳에 머문다'가 규칙이었고, 돌아올 날도 확실히 결정되지 않아서 짐은 언제나 산더미였다. 어린 나는 그런 무계획이 불안했지만, 그 불안감은 이상한 흥분을 불러 마음을 콩닥거리게 했다.

초등학교 저학년 어느 해 우리는 동해를 여행 중이었다. 느릿느릿 일주일쯤 복잡하지 않은 바닷가 마을들을 탐색 중이었는데, 어느 날 갑자기 하늘이 시커멓게 내려앉았다. 아직 해가 지려면 한참 멀었고, 바닷물에는 들어가지도 않았는데 태풍이 몰려온다고 했다. 무시무시한 태풍 예보로 갑자기 마을은 긴장감을 띤 채 적막해졌다. 놀 수도 없고, 떠날 수도 없게 된 우리는 해변 이층 민박집, 넓은 방에 기약 없이 짐을 풀었다. 그 방에는 바다를 향해 꽤 넓게 난 창이 있었는데, 어린 동생과 나는 엎드려서 바다를 내려다보았다.

어두워지는 바다, 자꾸만 깜깜해지는 바다는 무언가를 예고하고 있었다. 세상이 내일 없어진다 해도 하나도 이상할 게 없을 거 같은 위험한 고요가 몰려왔다. 이제 폭풍이 몰아치면 우리는 어떻게 될까? 집으로 돌아갈 수 있긴 할까? 혹시 파도가 이 민박을 삼켜버리지는 않을까? 오만 가지 걱정이 머릿속을 맴도는데 아빠는 천하태평이었다. 나는 조심스레 물어보았다.

"아빠, 괜찮을까?"

"글쎄. 모르겠는데…."

아빠는 길게 드러누워 놀리듯 대답했다. 지금 생각하면 참 아이다운 생각이지만 우리를 이 폭풍우 몰아치는 바닷가에 데려온 그를 믿을 수 없었고, 나는 어떻게든 동생을 구해 집으로 돌아가야지 하고 결심했던 거 같다. 혹시 동생도 그날의 그 바다를 기억할까? 마침내 빗방울이 떨어지고 높은 파도가 몰아치기 시작하는데, 우리는 모든 걸 삼켜버릴 듯한 무서운 바다를 오랫동안 바라보고 있었다. 그래도 어쩐지 짜릿한 재미는 있었다.

그 후로도 색다른 이벤트가 계속되던 시절이었다. 엄청난 양의 딸기를 대형 바구니에 담아서 시원한 산사에서 여러 가족이 나눠 먹었던 딸기파티, 텅 빈 학교 운동장에 텐트 치고 며칠을 보냈던 생뚱맞은 운동장 캠프, 아빠를 제외한 모두에게 호응이 없었던 가족 신문 만들기까지…. 그는 본인의 친구들과 노느라 너무 분주했지만 짬짬이 우리에게도 특이한 파티를 부지런히 제공했다.

세월이 흘러 노년기로 접어들었을 때도 아빠의 성품은 과히 변하지 않았다. 한번은 살고 있던 아파트 단지의 자치회장을 슬그머니 맡은 적이 있었는데, 그만두기 전까지 날마다 아파트를 들썩이게 만들었다. 제법 알찬 상금이 걸려 있는 '경비아저씨 정원 가꾸기 대회'가 열렸는가 하면, 단지 내 '연예인 초청 바자회'가 있었고,

'설날 맞이 동별 윷놀이'가 개최될 정도였다. 경비아저씨들은 최선을 다해 현관 옆 조막만 한 정원 가꾸기에 여념이 없었고, 꽤 유명했던 트로트 가수는 바자회에서 동네가 떠나갈 듯 멋들어지게 노래를 불렀다. 처음에는 주저주저했던 주민들도 시간이 지나면서는 친하게 어울렸던 것 같다. 아빠를 둘러싼 주위는 늘 신나는 일이 벌어졌다.

아까운 나이에 병이 깊어져 자신의 마지막을 앞두고도 크게 후회는 없다고 말했던, 아빠의 마지막 이벤트는 어땠을까? 나름 아이디어맨이었던 아빠가 끝으로 기획했던 행사는 본인의 장례식이었다. 나를 조수처럼 부려먹었는데 모든 것을 자기 마음대로 계획했다. 장례식장을 꼼꼼하게 고른 건 물론이고 손님 명단과 장지, 수의와 제기까지 본인이 직접 선택하고 준비했다.

나름 나쁘지 않았고, 의도한 대로 적절한 품위는 유지되었다. 단정하고 조용하게, 본인이 원하던 분위기 속에서 그는 우리와 작별했다.

그렇게 아빠가 떠나자 우리 가족은 늘 조용하게 지내고 있다. 계셨다면 뭔가 특별한 일이 생기지 않을까 궁금하지만, 아빠의 파티는 다시 즐길 수 없게 되었다. 물론 살아 계실 때도 아빠의 꿍꿍이가 반갑지만은 않았다. 우리 남매는 이미 어른이 되었고, 웬만

한 것은 귀찮고 성가시게 생각하는 나이가 되어 있었다. 이벤트가 재미있었던 어린 날은 그렇게 그와 함께 사라져버렸다. 그립지만, 다시 한번 보고 싶지만 절대로 그의 이벤트에 재방송이란 없다. 이따금 우리의 오래된 기억 속에 아득하게 맴돌 뿐이다.

| A4픽션 |

초록색 태양

나는 초록색 태양으로 불린다. 이 특이한 이름이 그가 나를 선택한 가장 결정적인 이유이다. 어둡고 추웠던 겨울, 길가 한적한 서점 책꽂이에 처박힌 나는 언제가 될지 모를 기다림으로 시간을 흘려보내고 있었다. 어제와 같은 오늘, 일주일 전과 같은 오늘, 한 달 전과 같은 오늘, 일 년 전과 같은 오늘…. 시간은 나를 버리고 잘도 흘러갔다. 그저 책꽂이와 책꽂이 사이에 빼꼼히 모습을 드러낸 빛바랜 벽지와 같이 나도 서서히 빛바래고 있었다. 서점을 찾는 어느 누구도 나의 이 특이한 이름에 관심 두지 않았다. 그래도 그때 나는 희망을 버리지 않았다. 내가 존재한 분명한 이유가 있으리라 생각했다.

"동화책 제목이 정말 특이하네요. 혹시 재미있나요?"

그가 나를 꺼내 망설이는 듯 서점 주인에게 물었을 때 나는 혹시 무감각한 서점 주인이 초를 칠까봐 오금이 저렸다.

"글쎄요. 제가 읽어보질 않아서…. 요새 잘 나가는 건 이쪽에 있는데요."

하지만 서점 주인의 그 말이 오히려 그의 호기심을 자극했다. 그는 전등불들의 이야기, 어린 양의 늑대, 길에서 만난 꼬마 같은 내 목차를 확인하자마자 나를 그의 딸에게 선물하기로 결심했다. 그래서 나는 그녀와 만났다. 그는 잘 구워진 군밤 몇 알과 함께 딸의 조막손에 나를 쥐여주었다.

"아빠 이거 읽어줘."

"알았어, 나중에 읽어줄게."

그때 그의 딸은 고작 네 살이었고, 글을 읽을 수 있는 나이는 아니었다. 나중에 읽어주겠다던 그의 약속도 지켜지지 않았다. 대신 브라운색의 딱딱한 겉표지, 까만 기차와 나무가 그려진 개성 있던 나는 그녀의 놀잇감이 되었다. 이리 뒹굴, 저리 뒹굴 침을 묻히고 놀다가 펜을 쥐게 되면서부터 의미 없는 낙서장이 되기도 하였다.

'이래서 초록색 태양이었구나…. 별 건 아니네.'

마침내 그녀가 익숙하게 글을 읽을 수 있게 되자 나는 그녀의 내부로 스며들었다. 그녀는 별 거 아니라고 툴툴거렸지만 거듭해서 나를 소유했다. 나는 매번 그녀의 일부가 되었고, 가끔은 하나가 되는 기쁨을 누리기도 했다. 나의 이야기로 그녀는 꿈을 꾸었다.

그러다가 그녀가 자라났다. 더는 그녀의 놀잇감도 꿈도 될 수 없었다. 나는 버려지지는 않았지만 잊혔다.

세월이 흐르자 사는 곳이 달라졌다. 다섯 번, 열 번 거듭 이사를 하면서 낯선 책꽂이에 꽂혀 있었고 때로는 몇 년을 어두운 박스 안에 갇혀 있기도 했다. 그래도 나는 괜찮았다. 단 한번이었지만 나는 선택받았고 충분히 사랑받았다고 느꼈다. 그 정도면 내가 세상에 태어난 이유는 충분히 설명될 수 있는 것이었다.

그리고 무엇보다 나는 아직 버려지지 않았다.

이제 나의 내부는 갈색으로 변색되었고 습기 하나 없이 메말랐다. 그녀와 함께했던 순간도 희미한 몇몇 장면으로만 기억될 뿐이다.

희망도 내일도 다 놓아버렸는데, 갑자기 왈칵 누군가가 나를 움켜쥔다.

움직임이 강렬한 파동을 선사한다.

"엄마, 초록색 태양, 이거 엄마 동화책이었어? 제목이 희한하네. 나 읽어봐도 되지?"

"어머, 너무 오래돼서 바스라지겠네. 조심해서 살살 읽어봐. 엄마가 아끼는 책이야."

나를 향한 그녀의 말이다.

'바스러지면 어때, 니가 나를 떠나면서 나는 이미 끝났는데….'

나는 특이한 이름의 동화책 초록색 태양이고, 영원히 사라지기 전에 다시 한번 생동하고 싶을 뿐이다.

아기 무덤

J는 정말 예쁜 딸을 낳았다. 지보다 백 배는 예뻤다. 자연분만을 하려고 이틀 밤낮을 꼬박 진통하다 도저히 어쩔 수 없어 제왕절개로 낳았는데, 낳고 보니 부모의 잘난 점만 꼭 집어 최고로 어여쁜 아이가 태어났다. 신기할 정도로 이목구비가 완벽했다. J가 딸을 안고 가면 누구나 한번쯤은 뒤돌아봤다. 나는 무슨 재주인지 진심 부러웠고, 좋은 유전자만 골라 태어난 그 딸이 장차 엄청난 미인으로 자라나리라 기대했었다. 예쁘니 자꾸 바라보게 되고, 친구 딸이지만 마음이 절로 갔다.

J는 그런 딸이 두 돌도 되기 전에 엄마에게 맡기고, 남편과 독일로 유학을 떠났다. 나는 친구 대신 가끔 아이를 보러 J의 친정으로 놀러갔다. 그때 막, 말을 배우기 시작한 아이는 할머니를 엄마라고 부르며 자라고 있었다. 자라면서 조금씩 미워질 만도 한데 더 예뻐지는 느낌이었다.

어쩔 수 없었다지만 얼마나 딸이 그리웠을까? 그렇게 2년쯤 흐른 후 J는 할머니를 엄마라고 부르는 딸이 못내 애처로웠던지 딸을 독일로 데려갔다. 낯선 곳에서의 육아가 힘들었겠지만, 그리웠던 딸과 함께이니 마음은 편하리라 생각했다. 조금씩 독일 생활이 익숙해진다고 편지나 전화로 소식을 전해오기도 했다. 나는 J보다 꽃처럼 예쁜 그 아이가 가끔 그리웠다. 나를 이모라고 불렀는데, 내내 이모 노릇이 하고 싶었다.

그러다 그해 여름, 사고 소식을 들었다. 교통사고였다. J의 동생이 독일로 놀러가 처음으로 떠난 여행지에서 일어난 일이었고, 희생자는 J와 여동생 그리고 딸아이 세 사람이었다.

소식을 듣는 순간, 모난 데 없었던 그 아이의 동그란 얼굴이 제일 먼저 떠올랐다. 이제 겨우 우리 나이로 네 살이었고, 엄마 아빠와 산 지 몇 달이 채 되지 않은 시간이었다. 황당했고, 그러려고 그렇게 예뻤나 하는 먹먹한 마음이 사라지지 않았다. 그저 할머니 곁에 있었으면 무탈하게 크지 않았을까 하는 생각이 들기도 했고, J가 함께 데려가려고 갑자기 그런 결정을 했나 하는 생각도 들었다.

나는 J를 묻을 때, 우리의 우정 반지와 편지를 함께 넣어줬다. 가는 길이 외롭지 않았으면 했다.

시간은 쏜살같이 흘러갔다. 나도 내 아이를 낳았다. 분주하고 정신없는 세월이었는데 어느 날, J가 남긴 흔적이 내게 왔다. 우리가 고등학생일 때 '미래의 나에게'라는 제목의 글을 각자 제출해 타임캡슐처럼 밀봉한 적이 있었다. 세월이 흘러 동창회 때 타임캡슐 개봉행사가 있었고, 주인을 잃은 그 편지가 친한 친구인 내게로 전해진 것이다. 글을 보니 J는 좋은 아내와 엄마가 되기를 소망했다. 계집애, 십대 어린 나이에 좋은 아내와 엄마가 꿈이라니 어처구니가 없었다. 조숙한 건지 소박한 건지 알 수가 없었지만, 그녀가 바보같이 느껴졌다.

편지를 읽자 친구가 보고 싶었다. 대구로 가는 기차 안에서 J와 함께 들었던 나나 무스꾸리같이 청승맞은 음색의 음악을 들었다. 대구역에서 다시 택시로 두 시간. J의 무덤은 대구 근교의 시댁 뒷산에 있었는데 길은 험하고 멀기만 했다. 왜 내 친구가 이렇게 외지고 먼 곳에 홀로 묻혀 있어야 하는지 성질이 났고, 긴 세월 친구의 죽음을 내내 외면하고 있었다는 것을 깨달았다. 나는 그동안 J를 생각하며 눈물을 흘리지 않았다. 대신 가끔 속으로 궁시렁거리며 욕했다. 고작 그거 살고 갈 거면서 좋은 엄마가 되긴, 가당치도 않았다.

몇 가구 되지도 않는 산골 마을에 택시가 멈췄고, 나는 물어물어 산으로 올랐다. 마을을 앞으로 두고 나지막한 뒷산은 지나치게 조용해서 현실감각이 없었다. 그리고 그곳에 J가 있었다. 비석도 없이 덩그러니, 내 친구의 무덤이 먼저 보였다. 그저 반가웠다. 그리고 그 옆에 여전히 자라지 못한 조그마한 아기 무덤이 눈에 들어왔다. 살아 있을 때도 그렇게 예쁘더니 동그란 무덤은 티 없이 발랄하고 깨끗했다. 무덤도 귀여울 수 있었다. 주위로 나비가 날았고, 여기저기 색이 좋은 들꽃들도 보였다.

그처럼 그림 같은 모습을 보니 마음이 툭 풀어졌다. 두 개의 무덤은 아주 가까이 있었는데, 몇 걸음 떨어져 보면 서로 꼭 끌어안고 있는 것처럼 보였다. 이곳에서 둘은 평화롭겠구나 하는 생각이 저절로 들었다. 그래서인지 친구의 인생이 더는 서글프게 생각되지도 않았다.

뒤돌아서는 발걸음은 올라올 때와는 달리 가벼울 수밖에 없었다. 보러오기 잘했다는 생각이 많이 들었다. 나도 이이의 엄마라서 J가 더 가깝게 느껴졌다. 창밖이 이미 어두워진 서울행 기차에서 친구가 좋아했던 나나무스끄리 대신 조금 밝은 음악을 들었다.

길치의 비애

나는 완벽한 길치이다. 어렸을 때부터 그랬다. 소뇌가 덜 발달하여 그렇다고 하는데 그것이 정도가 좀 심한 편이다. 그래서 늘 내게 저장된 공간들은 연결성이 없다.

예를 들어 바로 이웃한 음식점이 있다고 치면, 나는 두 곳을 다 들러봤지만, 그 둘이 어떤 길로 연결되어 있는지 알지 못한다. 물론 각각의 개별된 장소로는 선명하게 기억한다. 함께 갔던 사람, 그때 그곳의 냄새, 벽의 색깔과 음악, 분위기까지 세세하게 기억해내지만, 그곳에 어떻게 도달했는지를 기억하지 못하는 것이다. 일반적으로 여자들의 약한 부분이라고 하는데, 영 나아질 기미가 보이지 않는다. 그래서 집에서 멀리 떨어진 곳에 가는 것을 유독 싫어할 수도 있다.

어찌 되었건 이십대까지 명동의 신세계와 코스모스, 롯데의 삼

각관계를 파악하지 못했다. 영원히 인식되지 못한 채 코스모스가 없어졌다. 지하도로 내려가면 도대체 어느 길로 올라가야 내가 원하는 목적지로 갈 수 있는지 백 프로 헤맸다. 맨날 가도 맨날 몰랐다. 생각해보면 짜증이 날 만도 한데 그게 그닥 불편하지 않았다. 원래 그러니까 그러려니 했다. 한번에 목적지를 찾아가는 날이면 어쩐지 내가 참 똑똑해진 것 같기도 했다.

운전을 싫어하는 것도 그와 비슷한 이유이다. 그나마 네비게이션이 보급되면서 한결 목적지에 도달하는 시간이 짧아졌고, 핸들 잡는 일이 두렵지 않아졌다. 네비가 없었을 때는 아무리 익숙한 길이라도 진입로를 놓치기 태반이어서, 뱅글뱅글 돌거나 아니면 아예 다른 곳으로 가버리는 일이 비일비재했다.

가만히 생각해보면 나에게 길은 목적지를 향해 있는 것이 아닌 듯하다.

며칠 전에도 친구들과 약속이 있었는데 북촌 근처의 그곳은 처음 가본 길이었다. 사실은 처음이 분명히 아니었으나, 나는 그렇게 인식했다. 약속 시간에 맞춰 경복궁역에 도착했지만 나만 거의 삼십 분이 늦었다. 그저 아무 생각 없이 길 따라 걸었기 때문이다. 가는 도중 살짝 그곳이 안중에서 없어지기도 했다.

추위에 떨면서 나를 기다린 친구들은 구글 앱을 왜 이용하지 않았냐고 원성이 자자했지만 나는 그냥 '몰라' 하고 말았다.

생각해보면 늘 그랬다. 목표를 잃어버리는 것이 비단 그저 길을 걷는 것뿐이랴. 호기심은 많아 시작은 원대하다가도 얼마 지나지 않아 심드렁해졌다. 목표를 잃어버리고 갑자기 내가 왜 이 고생을 해야 하나 하는 회의에 빠져들었다. 그러다보면 어느새 포기하고 원래 생각했던 목적은 상실되었다.

젊은 시절, 일은 꼭 먹고 살 만큼만 하고 성가신 구석이 생기면 바로 때려치웠다. 벌인 일만큼 때려치운 일이 많아 부끄럽기도 했다. 그때 우리 업계는 그날 놀 만큼만 일하고 말겠다는 멋들어진 선배들도 드물지 않았다. 치기 어린 사람들이 많은 다소 순수한 그룹이었다. 나도 함께 그렇게 보낸 세월이 하세월이다. 이제 와보니 목적 없이 길에서 헤맨 시간이 너무 많았다는 생각이 든다. 끝까지 해보지 못해 아쉬운 것들도 가슴 밑바닥에는 남아 있다.

낭비되고 허투루 소비되었다는 후회, 하지만 다시 돌아간다 해도 똑같이 걸을 수밖에 없으리란 확실한 예측이 씁쓸하다.

몇 년 전 새로 이사한 아파트에는 무려 다섯 갈래의 길이 있다. 언덕지대의 맨 마지막 코너에 자리잡고 있는데, 고립되어 있을 줄 알았던 우려와는 달리 길이 많았다. 토끼굴에서 빠져나오는 길도 있고, 좋아라하는 긴 계단길도 있고, 이웃 아파트 산책로 쪽문도 있고, 대로변에서 바로 올라오는 언덕길도 있다. 길이 많으면 일단 궁리가 많아진다. 몸이 피곤하면 대로변 완만한 언덕길로, 구경이 필요하면 토끼굴로, 움직이고 싶으면 계단을 이용하면 된다.

그래, 그러면 된다. 아무리 길치여도 아직 길이 끝나지 않았으므로 나는 길 위에 서 있고, 꼭 한길이 아니어도 이리저리 헤매다 보면 언젠가 목적지에 도달할 수도 있을 것이다. 그것보다는 멈추지 않고 걷는 것이 훨씬 중요하다. 그리고 사실 목적지란 애당초 존재하지 않을 수도 있다. 그러므로 정해진 목적지와는 반대라고 여겨져도 가보고 싶은 방향으로 걸어보는 것이 맞는 것이다.

그래서 길치는 오늘도 길을 걷는다.

엄마의 반지

엄마로부터 물려받은 오래된 반지가 있다. 주로 중지에 끼고 다니는 그 반지의 돌 색깔은 아주 투명한 오렌지색이다. 너무 많이 끼고 다녀서, 얼핏 보아도 낡아버린 반지가 딱 맞게 끼워져 있는 내 손을 보면 어쩐지 마음이 편안해진다. 내 손과 어울리는지 아닌지 그런 건 좀 뒤로 하더라도 엄마의 반지라는 정체성이 나를 지켜주고 있다는 생각이 드는가보다.

엄마는 어린 시절부터 내내 그 반지를 탐내던 나를 못본 체하더니, 결국 한참의 시간이 흘러 서른도 넘어서야 손에 쥐여주며 사실은 결혼반지라고 말했다. 이 오래된 반지가 뭐 그리 좋으냐며 살짝 아쉬워하는 기색을 비치기도 했던 거 같다. 결혼반지로는 빛깔이나 디자인이 너무 생경해 선뜻 믿어지지 않았다. 그렇게 반지는 내 것이 되었다.

반지의 생김새가 정말 마음에 든다. 모양을 보면 세월이 묻은 백금이 꽃 이파리처럼 투명한 오렌지 돌을 둘러싸고 있는데, 그 오렌지 빛깔의 보석은 똑바로 앉아 있지 못하고 갸우뚱 비스듬히 고개를 젖히고 있다. 살짝 우습기도 하지만 성격이 아주 까칠해보인다. 그렇게도 오랜 세월이 지났으나 최초의 반항기가 아직 남아 있는 늙지 않은 못된 여자애 같다. 엄마는 그 반지가 기성품이 아니었으며, 결혼 전 생각한 디자인으로 만들었다고 했다. 엄마는 그저 엄마일 뿐 여자 냄새를 맡을 수 없었던 내게 엄마가 여자로 훅 다가왔다.

그 시절 젊은 부부는 아마도 독특한 취향의 소유자였으리라….
반지는 그들의 개성을 그대로 간직하고 있다. 늙지 않았다. 변하지도 않았다. 도리어 시간이 흐를수록 특별한 느낌을 더해가며 내 손가락에 남아 있다.

누군가의 인생을 담고 있는 빈티지한 보석이란 이런 것일까? 나는 그 반지가 내게 전하는 또렷한 속삭임을 들을 수 있다. 어색한 첫 만남 후 둘은 사랑을 시작했고, 함께 살아가기로 마음을 모았다고 말해준다. 젊었던 두 사람의 사진이 생각난다. 짧은 커트머리의 날렵한 여자와 다소 유약해보이는 남자는 등대를 배경으로 멋을 부리고 있었다. 두 사람의 얼굴에는 앞날의 설렘과 서로를 향한 애정이 그대로 드러나 있다. 무릎이 환히 드러나는 엄마의 짧은 치마가, 그 철모를 발랄함이 시간의 무상함을 내게 말해

준다. 사진에서 보이진 않지만, 나의 반지도 그날 그들과 함께했을 것이다. 눈물이 날 만큼 찬란한 시절이었다.

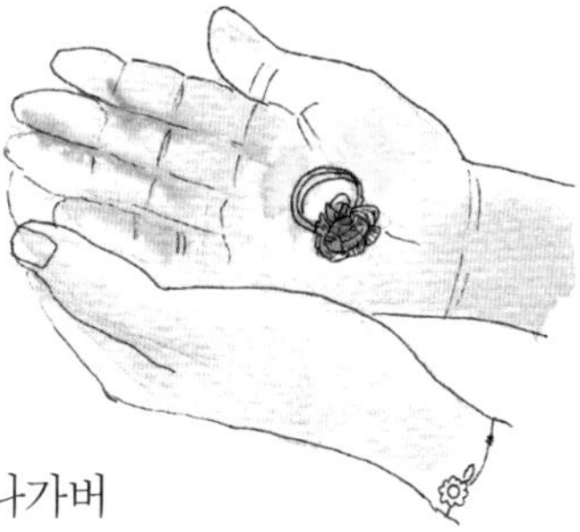

살아보니 인생은 정말 휙 하고 지나가버린다. 세월은 바람과 같고 번개와도 같다. 후르르 떠밀려 살아지고, 삶을 조각내는 순간들은 번쩍하고 후려쳤다 사라진다. 한 사람은 이미 떠나고 이제 한 사람만 남았지만, 그저 한두어 줄 짧은 이야기로 기억될 뿐이다. 반지와 함께했던 그들의 모든 순간도 서서히 잊혀간다.

그러고 보니 나에겐 이 반지를 탐내 할 딸이 없다. 반지가 사라지지 않는다면 먼 미래에도 누군가의 손에 끼워지게 될지도 모른다. 그 사람은 이 반지가 담고 있는 무수한 이야기를 느낄 수 있을까? 느낀다면, 아껴줄 테고, 엄마의 반지는 다시 영롱한 빛을 내게 될 것이다. 그리고 새로운 유전자의 다른 이야기도 함께 담게 될 것이다.

눈 내리는 날, 눈을 감으면

또다시 늦겨울입니다. 지루한 이 계절, 어디선가 설핏 봄 냄새가 난다 할 이 무렵이면 어김없이 당신 생각이 납니다.

당신은 봄에 태어났습니다. 어중간하고 이상한 날씨, 내가 제일 싫어하는 시간 가운데에 당신의 생일이 있습니다. 그래서 여태 내게 봄은 당신으로 시작합니다.

어디로 갔나요? 어딘가에 있기는 한가요? 아니면 당신이란 존재는 아예 흔적도 없이 사라져버린 걸까요? 나로서는 알 수 없는 그곳에서 당신이 건재했으면 좋겠습니다. 그렇다면 언젠가 다시 만날 수 있을 테니까요. 이곳의 인연 따위는 거기에선 아무 의미 없다지만 그저 한번 슬쩍 보고, 희미하게 서로 웃을 수만 있어도 얼마나 반가울까요.

시간이 많아진 요즘, 잊은 줄 알았던 옛날 기억들은 늙은 노인의 그것처럼 점점 더 선명해집니다. 생각해보면, 당신과의 관계에서도 난 이기적이었을 텐데 삼십 년이 지난 지금도 따뜻함만으로 생각나는 것을 보면 우리는 많은 것을 나눠가졌던 게 틀림없습니다. 그만큼 당신은 내게 좋은 친구였습니다. 궁금해도, 답답해도, 창피해도, 우울해도 전화 한 통이면 오 분 안에 만날 수 있었으니까요. 큰길 하나를 건너 당신이 달려와주면 외로움 같은 건 순식간에 사라져버렸습니다. 그리고 미숙했던 내게 건네준 조언들은 늘 진심이었고, 공감의 말들이었습니다. 나도 당신에게 뭔가 도움이 되는 이야기를 해주긴 했었는데, 나의 말들은 차갑고 직선적이었음을 고백합니다. 후회가 되긴 했지만, 그때 나는 그런 식이 맞는다고 생각했습니다. 당신의 솔직함이 내겐 무모해보였고, 당신이 상처받을까봐 늘 걱정되었습니다. 그래서 뭐든지 감추라고, 물러서라고 말리기 급급했던 것 같습니다.

하지만 이제야 당신이 옳았음을 인정합니다. 당신은 용감했고 내일이 두려워 오늘을 피하지 않았습니다. 상처 따위가 무서워 돌아선다면 인생은 달라질 것이 아무것도 없을 테니까요. 그 사실을 뻔히 알고 있음에도 나는 여전히 상처가 두려워 한 발도 내딛지 못하고 굳어 있습니다. 답답한 사람은 여간해서 달라지기 힘든 모양입니다.

그렇게 당신 없이 난 어정쩡한 중년이 되어버렸고, 더 이상 파릇한 시간은 내 몫이 아닙니다.

그 오랜 세월을 보내고 나는 당신에 비해 성숙해졌을까요?

천만에요.

난 지금도 두려움에 웅크린 채, 어딘지 알 수 없는 길을 그저 걷고 있을 뿐입니다. 힘들게 걷고 걸어, '이제야 다 왔겠지' 하면 다시 큰 벽이 가로막고, 그 벽을 넘어서면 끝이 없는 외길을 만납니다. 어차피 찾고 싶은 것을 잡을 수 없으리라는 사실만을 잔인하게 확인하면서요.

살면서 당신이 곁에 있었다면 조금은 덜 외로웠을까요?

도무지 정답이 없는 이 많은 일을 같이 의논하며 실마리를 찾아갔을까요?

알 수 없는 일이지만 그래도 함께여서 푸근한 온기 한 줌은 나눠가질 수 있었을 테지요.

오늘, 느닷없이 때늦은 눈이 내립니다. 겨울이 물러나기 싫은 철부지처럼 애꿎은 눈을 떨어뜨리나 봅니다. 철없는 마음을 가진 나도 그 눈을 바라봅니다.

그러고 보니 우리도 눈이 내리던 늦은 이월, 함께 걸었던 적이 있었습니다. 까마득히 오래 전의 날입니다. 하루 건너 하나씩 비밀이 싹텄던 시절이었고, 만나면 해야 할 말이 쉴 틈 없이 생겨났습니다.

광화문 '사과나무'라는 카페에서 함께 차를 마시고 나왔는데, 예고도 없이 폭설이 쏟아졌습니다. 같이 찍었던 그날의 사진을 기억하나요? 사진 속의 당신과 나는 비슷한 옷차림을 한 채 가로등 아래 서 있었습니다. 함께 한 첫 파마머리의 천진함 위로 눈발이 쏟아졌습니다. 어두운 거리는 눈빛을 받아 대낮처럼 환했는데, 그 넓은 대로에는 웬일인지 사람이 없었습니다.

그날 폭설로 버스도 끊어졌고, 어떻게 집으로 돌아갔는지 기억은 나지 않습니다. 하지만 사진 속 우리는 아직 채 시작되지도 않은 젊은 날을 향해 기대에 찬 눈빛을 반짝이고 있었습니다. 내일이 너무나 궁금한 나이였으니까요. 당연히 함께 서로의 인생을 내내 응원할 줄 알았지요.

그렇게 일찍 당신이 떠나게 될 줄은 몰랐습니다. 당신이 사라지고 나는 처음으로 결말을 알게 되었습니다. 그것은 너무나 단호하고 결정적이어서 슬프기보다는 무력한 느낌으로 다가왔습니다. 삶은 그렇게 냉정한 것이더군요.

그러니 아직도 타인에게 이해받지 못해 씁쓸해하고, 자신 없음에 갈등하는 나는 삶에 있어 미성년입니다. 나에게는 당신이 필요합니다. 곁에 있다면 따뜻한 위로를 아끼지 않았을 테니까요.

'이해받지 못해도 조급해하지 말라고, 자신이 없어도 천천히 나

아가라고.'

눈은 내리다 끊어지고, 끊어지다 다시 내리면서 온종일 내 곁에 머물고 있습니다. 이 눈이 당신이었으면 하고 생각합니다. 당신이 내게 전하는 위로의 숨결이라고 느껴봅니다. 이제 눈이 그치면 봄이 올 테고 그러면 당신의 생일이 다가올 테지요. 나는 올 봄, 당신을 생각하기로 합니다. 어리석은 나를 당신에게 열어보이기로 합니다. 날은 제 갈 길로 저물어가고, 이제 정말 눈은 사라졌습니다. 하지만 여전히 당신이 그립고, 눈과 함께 반가웠습니다.

맡겨진 날들

외가는 한적한 동네였다. 동네 이름은 연암이었는데, 초등학교를 가운데 두고 수십 호 집들이 옹기종기 모여 있었다. 마을 옆으로는 약간 높은 지대에 남북으로 이어진 큰 국도가 나 있어 시골이라도 답답한 느낌이 전혀 없었고, 차라리 어디로든 떠날 수 있는 기분을 느끼게 했다. 마을을 둘러싸고 있는 야산들은 아늑했고, 논을 가로질러 끝까지 가다보면 꽤 깊은 수심의 개울둑을 만날 수 있었다.

그곳에 가본 지 사십 년이 넘었다. 중학교 때 서울로 이사 오고 가지 못했고, 외할머니가 내가 고등학교 일학년 때 돌아가셨으니 벌써 시간이 그렇게 된 것이다. 나는 할머니 장례식도 가지 않았다. 울산 연암이 서울에서 멀고, 고등학생이라는 이유로 엄마가 데려가지 않았는데, 생각해보니 나는 갔어야 했다. 나는 할머니와 친했다. 게다가 할머니는 지금 생각해도 꿀맛같이 달콤한 유년기

의 시간을 내게 선사했다.

칠 남매를 두었고, 다들 장성해 가족을 꾸렸으므로 할머니에게는 손자 손녀가 꽤 많았다. 하지만 할머니와 함께 살아본 손주는 내가 유일하다.

엄마는 나를 낳고 삼 년 후 동생을 낳았는데 유독 육아를 힘들어했다. 초등학교 교사를 하고 있을 때였으므로 힘에 부쳤나보았다. 그래서 집에서 차로 한 시간쯤 떨어진 외가에 나를 맡겼는데, 그때가 내가 다섯 살 때쯤이었다. 나는 그곳에서 여섯 살 유치원 가기 전까지 있었다. 막상 날 외가에 떼놓고 가자니 엄마는 애처로워 울먹거렸는데, 나는 택시로 돌아가는 엄마에게 방긋방긋 웃으며 손을 흔들었다고 했다. 그게 너무 신통하고 고마웠다고 엄마는 내내 이야기해주었다. 나도 그때의 기억이 어슴푸레 나기는 한다.

사실 나는 외가에 있는 게 나쁘지 않았다. 집에서보다 백 배는 재미있었기 때문이었다. 동네에 또래 아이들도 있었고, 놀거리도 많았다. 게다가 할머니가 해주는 밥은 엄마가 해주는 밥보다 훨씬 맛이 있었다. 아쉬울 게 하나도 없었던 셈이다.

당시 외할머니는 동네에서 최고참 어른 축에 들었고, 지금으로 치면 짱에 가까웠다. 학교 교장으로 지내다 정년 퇴임한 외할아버지는 정구도 치고 바이올린도 켜는 멋쟁이였지만 생활력이 별로였다고 했다. 덕분에 할머니는 약간 드세질 수밖에 없었다. 박봉을 모아 논도 사고, 밭도 사고, 산도 사서 일곱 남매를 교육시켰다고 들었다. 성격도 시크한 편이어서 여느 할머니처럼 나를 물고 빨고 하면서 귀여워하지는 않았고, 어쩐지 어른처럼 대해 주었다. 대신에 엄마로부터 나를 맡은 순간부터 무심하게 어디에나 데리고 다녔다. 그날 이후 김 교장 손녀딸인 나는 연암동네 짱인 할머니의 껌딱지였다. 이른 아침부터 늦은 밤까지 분주하게 움직이는 키가 크고 호리호리한 할머니 뒤를 언제나 졸졸 따라다녔다.

원래 시골 마을의 아침은 유난히 상쾌한 법이다. 깨우지 않아도 저절로 눈이 떠졌고, 날마다 일찍 일어나 할머니와 산에 갔다. 외가에서 걸어서 삼십 분쯤 떨어진 곳에는 할머니 소유의 야산이 있었는데 산에는 작은 군부대가 주둔하고 있었다. 산에 들어서면 먼저 나뭇가지 태우는 냄새가 코를 간지럽게 했다. 자욱하게 피어나는 냄새 좋은 연기를 뚫고 조금만 걸어가면 군 막사가 보였다. 군인들은 청소도 하고 운동도 하면서 할머니를 보면 익숙하게 인사했다. 지금 생각해보면 어린 청년이었을 군인들은 할머니 뒤를 따라 졸망졸망 산에 오르는 나를 귀엽다고 여겼던 것 같다. 그들에겐 소중한 먹을거리였을 별사탕이나 건빵을 손바닥 가득 쥐여주곤 했다. 한적해보이는 그곳에 왜 군 막사가 있었는지 알 수는 없지만, 이곳저곳을 살피는 할머니와 너무 멀어지지 않게 눈치를 보면서 나는 막사 주변을 뛰어다녔다. 저만큼 마을이 보이고 하루가 시작되고 있었다. 입에 물고 있는 별사탕을 와자작 깨물면 달콤한 맛이 입안 가득 퍼졌다.

그렇게 쉬엄쉬엄 산에서 내려오면 점심 때였는데, 조금 있으면 동네 아이들이 놀러왔다. 대부분 나보다는 너댓 살 위의 초등학생이었다. 걔들은 학교 갔다가 돌아오면 늘 모여 놀았는데, 마음씨 좋게 나도 끼워주었다. 할머니는 아이들에게 어린 나를 멀리 데려가지 말라고 주의를 주었지만 그건 그저 하는 말이었다. 아이들을 따라 나는 어딘지도 모를 곳으로 매일 멀리 놀러나갔다. 낯선 곳이었지만 안전한 느낌이었고, 잘 모르는 아이들이었지만 순했다. 날이 더우면 아이들은 둑에서 개울로 첨벙첨벙 뛰어들어 수영했다. 모든 것이 자연스러웠고 재미있어 보였다. 나는 너무 겁이 나 차마 다이빙은 못하고 혼자 둑에서 기어내려가 아이들과 물놀이를 했다. 그러다 지치면 개구리도 잡고 메뚜기도 잡았다. 집에서는 상상도 할 수 없는 시간들이었다. 그렇게 실컷 헤매고 다니다가 아이들이 나를 데려다주면 할머니는 걔들에게 내일부터는 너무 멀리 데리고 다니지 말라고 또 하나마나 한 당부를 했다. 할머니 손에 잡혀 하루 종일 찌든 땟구정물도 씻고, 옷도 갈아입은 후에는 할아버지 방으로 숨어들어갔다. 거의 자신의 사랑채에서 꼼짝않는 할아버지는 나를 보면 무르팍에 앉혀주셨다. 그리고 앉은뱅이책상에 달린 서랍을 스르르 열었다. 서랍 안에는 온갖 종류의 간식이 소복하게 쌓여 있었다. 입이 짧아 점심에도 탁주 한 사발로 끼니를 때우던 할아버지는 단것을 좋아하셨나 보았다. 그렇게 할아버지의 무릎에 찰싹 달라붙어 박하사탕을 빨아먹고 있으면 부엌에서는 조기 굽는 냄새가 고소하게 풍겨왔다. 저녁밥은 언제나 꿀맛이었고, 나는 엄마도 아빠도 동생도 까마득하게 잊어버렸다.

저녁을 먹은 후에는 졸렸지만, 할머니를 따라 마실을 다녔다. 이집 저집 돌아가며 동네 여자들은 한곳으로 모여들었는데, 이해도 되지 않는 어른들의 이야기가 너무 재미났다. 간혹 무서운 이야기도 있고 웃기는 이야기도 있었다. 중간중간 알아들을 만하면 따라 웃기도 했는데, 돌아올 때는 영락없이 깊은 잠에 곯아떨어져 할머니 등에 업혀 오곤 했다. 할머니 등에서는 엄마와 참 비슷한 냄새가 났다. 간혹 개 짖는 소리가 컹컹 들렸고, 아무도 없는 길이었지만 무서움과는 거리가 먼 한적함만 내려앉았다.

나는 영원히 이런 시간이 반복될 줄 알았다. 끝이라는 개념이 그때 내게는 없었다. 내일은 다시 나뭇가지 타는 냄새가 코를 간지럽게 하는 산에 갈 것이고, 아이들과 개울둑에서 놀 것이고, 할아버지의 박하사탕을 빨아먹는 하루가 주어질 것이었다. 그렇게 생각하면 뭔가 꽉 차오르는 기분이었다. 더없이 자유롭고 만족스러웠는데 결말은 예정되어 있었다.

엄마는 내 마음도 모르고 얼마 지나지 않아 데리러왔다. 그래서 할머니와 얼떨결에 작별하고 연암을 떠날 수밖에 없었는데, 영문을 모르는 아이들은 그러고도 한참 동안 나를 데리러왔다고 할머니가 전해주었다. 시간이 지나고, 바쁘게 자라느라 외가도 할머니도 군부대도 아이들도 잊혀졌다.

엄마에게 며칠 전 연암 외가에 관해 물어보았다. 엄마도 그때 일을 거의 다 기억하고 있었다. 하지만 동네는 벌써 이십 년 전 개발되어 사라지고, 이제는 흔적조차 찾아볼 수 없다고 씁쓸해했다. 하긴 세상이 이렇게 빨리 바뀌고 있는데, 당연한 일일 것이다. 그래도 할머니 집이 남아 있을 때 한번쯤 가볼 걸 그랬나 하는 생각이 들었다. 뭐하고 사느라 이렇게 무심했을까? 눈 깜짝할 사이에 모든 것이 나를 지나 흘러가버린 느낌이다. 그곳은 당연한 말이지만 내겐 마음의 고향이었다. 그리고 맡겨진 날들은 내 인생 가장 자유로운 시간이었다.

마이 식스티

어릴 때부터 기대하던 나이가 있었다. 그건 '미래의 나'에 대한 일종의 설렘 같은 것이었는데, 그 나이쯤 되면 분명히 근사한 여자로 성장해 있겠거니 하는 확신이 함께 했다.

십대에는 스물일곱이 그렇게 기다려졌다. '스물일곱만 되어봐라. 나는 완성된다. 무조건 원숙하고도, 분위기 있는 여자가 되어 있을 거다'를 주문처럼 외우고 다녔다.

생각하기에 스물일곱은 꿈의 나이였다. 젊음의 정점을 찍는 시기일 거 같았고, 그쯤되면 자랄 만큼 자라나 완벽한 여자 어른이 되어 있을 것 같았다.

기대하던 스물일곱이 되자 거짓말처럼 내게도 여러 변화가 있었는데, 외면적으로는 그럴싸한 성인의 모습이 되었다. 체험상 이십대는 길고도 긴 시간이므로 별의별 일들이 내게도 생겨났다. 인간관계가 복잡해졌고, 예측 불가능한 일들이 많아졌으며 감당하기 힘든 사건들이 와르르 밀려왔다가 매듭도 채 맺기 전에 사라지기 일쑤였다. 그리고 그 알싸했던 경험들은 서툰 색채를 만들어 성급하게 나를 칠해가고 있었다.

아이티를 벗었고, 끈질기게 괴롭혔던 많은 단점을 급기야 순하게 받아들이기 시작했으며, 무수한 단점을 제치고 나온 작고 가녀린 장점의 씨앗을 발견하기도 했다. 게다가 세상사도 치를 만큼 치렀다는 어이없는 착각에 빠져들었다. 그래서 누구보다 어른인 척 굴었는데 그건 겉모습일 뿐이었고, 조금만 상처를 받아도 무너져내려 여전히 유치찬란한 나의 실체와 직면할 수밖에 없었다.

그 중 가장 안타까웠던 점은 내가 '렛잇비'의 세련된 정서를 미처 키우지 못했다는 것이었다. 오히려 시간이 지날수록 가질 수 없는 타인의 마음을 갖지 못해 안달복달 가관이었다. 그건 내가 상상했던 멋진 여자의 포스가 아니었다. 스스로 보기에도 낯뜨거울 정도로 얄팍했고, 숨기고 싶을 정도로 가볍기 그지없었다.

소망을 접기엔 다소 일렀던 나는 마흔다섯을 데드라인으로 정해 성숙해보기로 했다. 서른도 훌쩍 넘긴 나이이며, 중년의 여자일 것이므로 그때쯤이면 마침내 기다릴 줄 알고 고요히 내버려둘 줄도 아는 담백한 여자가 되어 있겠거니 하는 희망을 품었었다.

하지만 세월이 흘러 막상 마흔다섯이 되었을 때는 기가 막혔다. 사느라 너무 많은 실패와 좌절을 겪은 나는 마흔다섯이란 나이를 그토록 기대했던가 하는 마음마저 잃어버릴 정도로 엉망진창이었다. 욕심은 더 늘었고, 정체성은 초등학생의 그것처럼 뒤죽박죽 정돈되지 않았다.

그 마음이 그렇게 가지기 어려운지 몰랐다. 그런 마음으로 사는 것이 그렇게 높은 경지인지도 몰랐다. 주위엔 근사하고 성숙한 또래의 여자들이 넘쳐나는데 나만 늘 어린애처럼 미숙하게 굴었다.

그래서 거의 포기했는데, 지금 나는 오십이 넘어 육십을 눈앞에 두고 있는데, 놀랍게도 작은 불씨가 보이기 시작한다. 늙어가지만 여유로워지는 나를 발견하는 것이다. 그렇게 원하던 워너비의 모습이 언뜻언뜻 보이기도 한다.

자세가 조금씩 구부정해지는 것, 팔다리가 경직되는 것, 얼굴의 윤곽이 무뎌지는 것, 중력에 따라 몸의 라인이 자꾸만 주저앉는 것, 손마디가 굵어지는 것 등 수많은 노화의 징후들이 눈에 들어오지만, 그것들은 별로 거슬리지 않는다. 조바심 많은 성격인데도 이 부분에서는 너그러운 내가 신기하다. 이유는 모르겠다.

아마 오래 기대하던 것, 평생 가질 수 없을 거 같던 그 마음을 마침내 소유할지 모른다는 희망 때문일 수도 있겠다. 고대하던 것은 늘 그만큼의 가치가 있는 법이다.

이제 나는 초조하지만 기다릴 줄 안다. 쓰리지만 있는 그대로 내버려둘 때도 많다. 그리고 눈을 감으면 보이는 숨겨진 마음 한 자락도 지니고 있다. 신통하게도 아등바등 않고도 뭔가를 가늠할 수 있게 된 것이다.

이러니 굳이 늙는 걸 싫어만 할 필요가 있나? 그럴 바에는 차라리 오늘 하루 차분하게 늙어보기로 한다. 육십이 되면 꿈꾸던 그런 여자로 성장할지 모르니까. 그대로 두고 오래도록 사랑할 수 있는 세련된 정서의 여자로 살아갈 수 있을지 모르니까.

작가의 말

표현의 차례

지금이 아니면 안 될 것 같은 때가 있습니다.
제아무리 절절한 고백도 유통기한이 지나면
썰렁한 독백으로 마무리되고 말 듯이요.

살아오면서
늘 기회를 붙잡지 못하고,
나아가던 진도를 스스로 멈추고,
제자리걸음만 반복하던 제게
'지금이야'라며 손 내밀어주는
'표현의 차례'가 다가왔습니다.
이젠 정말 너의 차례가 되었으니
한 걸음만 나아가라고 등 떠밀어줍니다.
그래서 꼭 한 걸음만 내딛겠습니다.

남의 이야기만 써본 버릇 때문인지
쓰면서도 계속 내 말이 맞나?
고개를 갸우뚱하였습니다.
하지만 뭐 우리가 겪고 사는 일이
다 거기서 거기니.
진심을 담는 것으로
자신 없음을 극복하려 합니다.

내 글이 훨훨 날아
흐린 날,
쓸쓸한 누군가의 입가에
피식 헛웃음으로 남는다면 더는 바랄 것이 없습니다.

춤추듯 노래하듯 즐겁게 썼습니다.
올드패션이지만 촌스럽지 않은 모던함을 꿈꾸면서요.

도서출판 북인에 감사드립니다.

2022년 초여름
최진

최진 산문집

일상학 전공

지은이_ 최진
펴낸이_ 조현석
펴낸곳_ 북인
디자인_ 푸른영토

1판 1쇄_ 2022년 06월 03일
출판등록번호_ 313 - 2004 - 000111
주소_ 121 - 842 서울 마포구 서교동 460 - 34, 501호
전화_ 02 - 323 - 7767
팩스_ 02 - 323 - 7845

ISBN 979-11-6512-053-5 03810